タイ現代文学覚書

「個人」と「政治」のはざまの作家たち

福冨 渉

風響社

はじめに　脚注なきタイ文学に向けて——3

1　一〇〇冊の良書と「文学バカ」——3

2　日本におけるタイ文学——6

3　執筆の動機——8

❶　タイ文学小史——9

1　プラープダー・ユンの「新しい」タイ文学と生きるための文学——9

2　「創造的」な文学——12

3　作家たちの活動と「個人」の文学——17

❷　二一世紀のタイ文学の潮流——22

1　「孤独」の文学——22

2　「政治」の文学——28

3　「個人」と「政治」のはざまの文学——37

❸　独立系書店と地方の作家——46

1　バンコクの独立系書店——46

2　地方の作家と書店——53

おわりに　タイ文学のこれから——**63**

1　若手作家の諦念——63

2　旅に出るタイ文学——64

参考文献——67

あとがき——76

タイ現代文学覚書――「個人」と「政治」のはざまの作家たち

福富　渉

はじめに　脚注なきタイ文学に向けて

1　一〇〇冊の良書と「文学バカ」

バンコクに滞在していた筆者が、友人の写真家が開催する展覧会のオープニングイベントに参加したときのことだ。日本の友人とは日本語で、タイの友人とはタイ語で会話する筆者のようすを見て、一人の男性が英語で話しかけてきた。「どうしてタイ語が喋れるんだ?」というのは、タイにいるとほとんど避けずにはいられないたぐいの質問で、筆者はふだんと同じような答えを返した。大学・大学院でタイ語を学んで、タイ文学を研究している、と。北欧のとある国からタイに移住して一〇年になる、というその男性は、心から驚いたような顔をした。

「君の仕事は、楽勝だな!」

彼の言葉の意味するところを計りかねた筆者がどういう意味か尋ねると、彼は続けて答えてくれた。

「タイ文学の歴史はすごく短いんだろう? 読むべき本のリストを作ったら、一〇〇冊か二〇〇冊で終わると聞いたことがある。あっという間に終わるじゃないか!」

答えに窮していた筆者がようやく「タイの作家がそれを聞いたら、怒ると思うよ」というと、その男性は楽しそうに笑った。

その前日、筆者はタイ南部のとある島にいた。地元の作家、映画批評家、書店員、バンコクの小規模出版社オーナー、北部パヤオ県の作家の五人とともに、人もまばらな夕暮れの浜辺に卓を囲み、水平線の落日と濃い赤橙色の残光を眺めていた（それぞれ、SNSにアップするための写真を撮っていたというほうが正確だろうか）。その日のトピックは「去年のベスト小説」。もちろん、タイの小説だ。

筆者はタイの現代文学を研究し、翻訳している身でもあるし、その時々に出版される小説はできる限り入手して、読むようにはしている。それでも、筆者以外の五人の読書の量にも、知識の量にも圧倒され続けていた。そのうちの作家の一人が、そこにいた六人のことを自虐的に「文学バカ」（บ้าวรรณกรรม）と呼び、皆が笑う。その晩には、「文学バカ」と夕暮れの浜辺を題材にとった短い詩篇が作家のフェイスブックに投稿され、その場にいた全員がタグ付けされていた。とはいえ、筆者は自分が果たして「文学バカ」と呼ばれるに値するのか、はなはだ疑問であった。耳学の肝要さは理解しているつもりとはいえ、結局はたくさんの作品を読まなければ意味がない。たかだか一年間の「ベスト小説」を読むだけでも、まったく「楽勝」ではないのだ。

この二つのエピソードは、二つの示唆を与えてくれる。

前者のエピソードの男性が挙げた「一〇〇冊か二〇〇冊」という数字の出所はおそらく、一九九七〜一九九八年に実施された研究「タイ人が読むべき一〇〇冊の良書」（หนังสือดี 100 เล่มที่คนไทยควรอ่าน）だ。作家ウィッタヤーコーン・チアンクーン（วิทยากร เชียงกูล）を中心とした「世紀の良書選定および推薦のための研究プロジェクト」（โครงการวิจัยเพื่อคัดเลือกและแนะนำหนังสือดีในรอบศตวรรษ）チームによって実施されたこの研究によって、「良書」一〇〇冊のリストが作成された。このリストに収録されている書籍は文学作品だけに留まらないが、「読むべき一〇〇冊」の文言は、リストに収録された書籍の表紙に印刷され、店頭に並ぶこととなった。あの男性はおそらく、タイの友人からこのリストの話を聞いていたのかもしれない。タイの小説は、これだけ読めば十分なんだよ、と。

だが、このリストによって選定された「良書」の範囲は、一八六五〜一九七六年のあいだに発表された書籍のみであった。二〇世紀の末になって作成されたリストでありながら、一九八〇年代以降の書籍、文学ならば「現代文学」と呼ばれる範囲のものは選定されていない。さらに、こうしたリストの存在にも関わらず、二〇〇一年ごろからは、どうやら統計の読み違えから生まれたらしい「タイ人の読書量は年間「七行」ないし「八行」である。タイ人はまったく本を読まない」、というような言葉がまことしやかに語られるようになっていった。

写真1 「文学バカ」たちと撮影した夕焼け

ともかく、この筆者の推測が正しければ、たとえタイ社会の中であっても「文学」というものの存在はそれほど認知されていないということになる。それがタイ国外ともなれば、いうまでもない。

タイ国文化省現代芸術文化局が二〇一三年から発行していた文芸誌《出現》(ปรากฏ)の第二号では、「外国語になったタイ文学」と題された特集が組まれており、タイ文学の翻訳者四人へのインタビューに加えて、海外で翻訳されたタイ文学作品のリストが掲載されている。整理不十分なリストのため、およその数を作品数／著者数の順に記すと、英語が九〇／六〇、フランス語が二五／一五、中国語が二〇／一五となっている(日本語については後述する)。このリストには不完全な部分があるが、タイ文学の外国語翻訳の状況を概観するには充分だ。英語への翻訳に関しては、翻訳者マルセル・バラン(Marcel Barang)が個人ウェブサイトとブログで翻訳を発表し、電子書籍の販売を手がけたり、翻訳者ピーター・モンタルバーノ（Peter Montalbano）がタイの大手出版社アマリン（อมรินทร์）と契約を結び、継続的に翻訳を発表したりというアクチュアルな動きがあり、今後も増えていく可能性がある。とはいえ、現状の数は決して多いものとは言えないだろう。

かたや、後者のエピソードについては明快だ。つまり、上述したような状況の中であっても多様な作品が執筆・出版され、そこに携わる人々がいる、ということだ。

2　日本におけるタイ文学

日本の例を少しだけ見てみよう。海外文学の翻訳が盛んであるとも言われる日本であるが、その中にタイや東南アジアの書籍が含まれることは極めて少ない。タイ文学研究者の宇戸優美子氏が作成した「邦訳されたタイ文学作品の作家別目録」（『東南アジア文学』一三号収録）を見ると、二〇一五年一月末時点で、作品が邦訳されたことのあるタイの作家の数は一一〇程度で、その作品数は長編、短編、詩篇を合わせると四〇〇近い。この数を「多い」と見るか「少ない」と見るかは各人の判断基準によるが、筆者としては「思ったより多い」し「思ったより少ない」。

「思ったより多い」喜びについて、ここにわざわざ記す必要はないだろう。だが、六五〇〇万人の人口に対して六万七〇〇〇人の在留邦人数（二〇一五年一〇月現在、外務省統計）、年間九〇万人の訪日タイ人数（二〇一六年、日本政府観光局統計）、六〇〇年の交流史、一三〇年の外交関係などを考えれば、このアンバランスは「思ったより少ない」と言っていいだろう。

タイ文学研究者の宇戸清治氏の論考「タイ文学は日本でどのように紹介されてきたか」（同前）によれば、日本においてタイ文学の翻訳が盛んになされた時期は、大きく三つに分けることができる。まず一九七〇年の《朝日アジアレビュー》の創刊と、同誌における東南アジア文学の翻訳紹介。続いて、七〇年代後半から八〇年代にかけて、トヨタ財団の「隣人をよく知ろう」プログラムと、大同生命国際文化基金の「アジアの現代文芸」シリーズによる、アジアの文学作品の翻訳・出版助成。そして一九九〇年代以降の、文芸誌や商業出版におけるタイ文学の翻訳紹介だ。だが、九〇年代以降の国内文芸誌等におけるタイ文学の紹介は、散発的なものに留まっている。後述するプラープダー・ユンの作品だけは継続的に紹介されているが、その他の作品については、数えるほどしか翻訳されていない。

多様な作品が翻訳されたのはむしろ、一九七〇年代～八〇年代に種々のプログラムが実施された時期だったと言えよう。冷戦期におけるアメリカ的な「地域研究」の発展と導入、日中国交回復、ベトナム戦争の発生と終息など、東南アジアに対する政治的・経済的・外交的関心が高まったこの時期に、文化的領域にも関心を向けようという流れが生まれたことは、なんら不思議ではない。

ただ、そういった前提があるゆえに、この時期の翻訳は社会科学的な視座に基づいてなされる傾向にあった。文体や可読性よりも、逐語であることを重視した訳文と、あらゆる固有名詞に対してつけられた訳注が、それを物語っている。極端な例を上げると、カムマーン・コンカイ（คำหมาน คนไค, 1937?–2016）の長編小説『田舎の教師』（ครูบ้านนอก）の邦訳書は、四六判の二段組で、本文がおよそ二〇〇頁のところ、訳注が三七一個もつけてある。

このように書くことは、先人たちの功績を貶める意図があってのことではない。それぞれの時代に必要とされる翻訳があるし、たとえ現代であっても、これらの翻訳の価値が減じることはない。これらの翻訳業績の蓄積によって、なにも知らない筆者のような後代の人間がタイ文学を学ぶ足がかりになるのだから。

とはいえ、二一世紀の現代においては、もっと多様な受容のされかたがあってもいいのではないだろうか。少なくとも、タイの文学だから、東南アジアの文学だから、という理由だけで「特別扱い」をされる必然性はないはずである。呼び名は「世界文学」であろうと「海外文学」であろうと構わないが、少なくとも日本においてそれらが翻訳され、読まれている空間に、タイの小説や東南アジアの小説が入る日がやってきてもいいのではないだろうか。

3　執筆の動機

以上を踏まえると、本ブックレットを執筆する動機は、二つに大別できる。

一つには、タイ文学の研究者・翻訳者として、なんらかの形で、タイ文学に興味をもつ人のための手引き、見取り図となるものを書きたいという思いがある。タイ文学を学ぶ、読む、翻訳するといっても、これまで日本国内で発表されたタイ文学の研究書・入門書・教科書は、ほとんど存在しない。あってもそれは、後述する一九七〇年代までの「生きるための文学」の時代に焦点をおいたものばかりであった。それ以後のいわゆる「現代文学」について触れているものは、一部の短文や解説を除いて存在しない。

この状況は、タイ国内においても大差がない。先述のように「本を読まない社会」だといわれているタイにおいて、文学の研究は決して盛んではない。包括的な文学史といったものもほとんど書かれておらず、現代文学となると、なおのことだ。作品テクストと、断片的な論文の記述などを頼りにした上で、「タイ文学界の現代的な状況は読むことではなく、話を聞くことでしか把握できない」というある研究者の言葉の通り、さまざまな作家・編集者・研究者との交流をもつ必要がある。

その上で、もう一つの動機となりうるのは、筆者が交歓した作家たちの活動をなんらかの形で記録しておきたいという個人的な思いだ。筆者がタイに長期滞在した二〇一三年から二〇一四年は、政治的状況の激化と相まって、文学の世界にも大きな動きが見られた時期であった。その時期に、タイ社会における文学の意義について模索を続ける彼ら・彼女らと時を過ごせたことは、とても幸運なことだった。むろん、それは単なる感情的な仕事としてではなく、第一の動機と接続する形でなされるべきであろう。そういった仕事を続けていき、脚注をつけずともタイ文学を楽しむことができる状況を生み出す。それは、筆者の考える理想でもある（とはいえ、脚注や訳注の意義を否定しているわけではない）。

本ブックレットは、三つの節で構成されている。第一節はタイの現代文学を歴史的側面から記述する。第二節では、作品テクストに触れる。第三節では、その環境的側面、すなわち独立系書店と、地方の作家について述べる。なお、本文中で作品テクストから引用をおこなう場合は、煩雑さを避けるため、原書のページ数のみ表記した。

一　タイ文学小史

本節においては、タイの現代文学を代表する作家の一人であるプラープダー・ユン（ปราบดา หยุ่น 1973–）の作品を起点として、近現代のタイ文学史を概観する。

一九三〇年代に黎明期を迎えたタイの近代文学は、一九五〇年代に提唱された「生きるための文学」と呼ばれる政治・社会文学の影響を強く受けて、一九七〇年代の政治動乱の季節を迎える。その後「創造的な文学」という言説が支配的なものとなるが、なお多くの作家・作品は「生きるための文学」の影響下にあった。本質的な変化が見られるのは、アジア通貨危機と前後する一九九〇年代後半のことだ。この時代には、作家たちの、執筆以外の活動の面でも変化が起きる。それはタイ文学の主題が、それまでの「政治」から「個人」という対象へと移行したともいえる。

1　プラープダー・ユンの「新しい」タイ文学と、生きるための文学

以下のパラグラフは、プラープダー・ユンの短編「あいつの父のバーラミー〔威光〕」（บารมี ของพ่อมัน）からの引用だ。

そのすべてが、プラープダー・ユン現象のはじまりだった。新進気鋭の作家、新世代の象徴。彼は文学界の渇いてひび割れた大地のただ中に誕生した。若者たちは彼のおかげで再び作家を志すようになった。彼のおかげで、タイ文学は、農民の困窮した生活や、発展から取り残された田舎の人々のことばかりをだらだらと語り続け、そ

れこそが人間の唯一の問題であると考えている、パーカオマー〔農村でバンダナや風呂敷代わりに使う、伝統的綿布〕を引っ提げた大人の仕事であるという見方から解放された。〔191〕

ぼくの作品は新しすぎるし、斬新すぎるんだ。そう、ぼくの作品はタイにとっては良すぎるんだ、ぼくは本当にそう思っていた。〔中略〕しかもぼくは、タイのどんな作家も、どんな文学作品にも敬意を払ってすらいない。〔184〕

この作品の発表年である二〇〇二年に、プラープダーの短編集『可能性』（ความน่าจะเป็น）が、タイで最も権威あるとされる文学賞、東南アジア文学賞を受賞した。彼は「新世代の象徴」と称されて、「プラープダー・ブーム」とも呼ばれる旋風が巻き起こった。この短編は、そのブームの様子を自虐的・冷笑的なユーモアとともに描いた、メタフィクショナルな作品だ。

タイのメディア王の息子、プラープダー・ユンは、ニューヨーク帰りのセレブリティだが、暇を持て余している。「大したことをしないで有名になりたいんだよ。だけど良い意味で有名になりたい……」〔185〕と述べるプラープダーに、主人公の「ぼく」は、彼のゴーストライターになることを提案する。プラープダー名義で発表される「ぼく」の作品が次々とヒットするが、メディアで喧伝される清廉潔白な作家のイメージと、プラープダー・ユン本人の欲望が乖離していく。この作品は、それらの顚末を白日の下に晒すべく書かれた、という体裁をとっている。

ここから推察されるように、「タイのポストモダン文学」と評されたプラープダーの作品は、それまでのタイ文学が持たれていた「古くさい」イメージを刷新するのに一役買ったことになる。ここでプラープダーの「新しい」作品と比較の俎上に置かれているのは、その成立以降、タイ文学の大きな潮流となっていた「生きるための文学」

（วรรณกรรมเพื่อชีวิต）と呼ばれる文学ジャンルの作品群だ。

そもそもタイにおいて散文文学が成立したのは、一九二〇年代後半ごろであると言われている。欧米列強の東南アジア進出、それに伴うタイ社会の近代化、一九三二年に起きた立憲革命の影響下で、近代的意識を備えた作家たちが登場し、それまでの流行であった翻案小説などとは異なる、タイ独自の小説作品が現れるようになった。

この黎明期におけるタイ文学作品は、通底したテーマ性をもつわけではない。それぞれの作家が、それぞれの問題意識に基づいた作品を発表している。だが、シーブーラパー（ศรีบูรพา, 1905–1974）や、彼を中心とする作家集団スパープ・ブルット〔紳士〕（สุภาพบุรุษ）の面々が、タイにおける一つの「職業」としての「作家」を擁立しようと目論み、文学を通じて人道主義的な近代意識を浸透させようとしたことは、それ以降のタイ文学に強い影響を与えることとなる。

その影響が具体的な潮流となって現出するのは、一九五〇年代のことだ。プレーク・ピブーンソンクラーム政権下のタイ政府はアメリカ政府の方針に賛同し、反共政策を取る。同時期に施行された印刷法や、共産主義者取り締まりの影響もあり、表現の自由が制限された。いっぽう、戦後のタイは開発と発展の時代を迎えており、社会的格差の広がりが顕著になっていた。

この時代に評論家スパー・シリマーノン（สุภา ศิริมานนท์, 1914–1986）を主幹にもつ評論誌《アックソーンサーン》（อักษรสาส์น）や、そこに論考を掲載していた作家アッサニー・ポンラチャン（อัศนี พลจันทร, 1918–1987）、作家・思想家のチット・プーミサック（จิตร ภูมิศักดิ์, 1930–1966）らが「生きるための芸術」（ศิลปะเพื่อชีวิต）の思想を主張した。その思想は「生きるための文学」に形を変え、文学者たちの間にも浸透していった。その思想とは、すなわち、作家たちは虐げられた弱き人々の声を代弁し、政治的・社会的課題を作中に反映させ、批評をおこない、さらには理想的な政治と社会のあり方を提示する存在として作品を生み出し、時にそういった人々を導く知識人としての役割を担うべきだ、というものであった。

その後のサリット・タナラット首相による独裁時代（一九五八～一九六三年）とその直後の時代は「暗黒時代」（ยุคมืด）

とも「静寂の時代」（ยุคสมัยแห่งความเงียบ）とも呼ばれ、厳しい言論統制により、作家たちの自由な活動が制限された。だが一九七〇年代にかけて民主化運動の波がうねると、「生きるための文学」は再び力をもつ。学生活動家・民主化運動家たちの行動が先鋭化し、共産主義運動と結びつくにつれて、この時代の文学作品も同様の性格を帯びるようになった。「生きるための文学」作品が再版・再読されるようになり、そのスタイルを踏襲した作品が新たに生み出されるようになっていった。

とはいえ、作品の基本的なテーマ、プロット、形式に大きな変化は見られずにいた。タイにおける社会主義リアリズムとも呼ばれた前時代の表現形式が用いられ、農村に暮らす、虐げられた貧しい人々の苦難と、権力者たちの横暴が語られた。形式的発展のないまま思想・内容が先行することで、不完全とみなされる作品も多く発表された。その後、一九七六年の一〇月六日事件を経てタイにおける共産主義運動が瓦解に向かうと、「生きるための文学」もその力を失う。一部の作家は弾圧を逃れ、タイ東北部のジャングルに身を潜めた。

2 「創造的」な文学

「生きるための文学」の影響力が弱まるのと前後して、作家のあいだでは文学を再定義しようという試みが見られるようになる。「生きるための文学」運動に参加し、多くの評論誌、文芸誌の編集長を務めたスチャート・サワッシー（สุชาติ สวัสดิ์ศรี, 1945-）は、文学を「創造的な著作」（งานเขียนสร้างสรรค์）として定義した。ここでスチャートが試みたのは、「創造者」である作家を独立した「個人」としてあらゆる社会的責務から切り離し、芸術的価値をもった文学作品を「創造」するための存在として定義することだった。

この「創造的」という言葉がさらに存在感を増すのは、一九七九年の「東南アジア文学賞」の創設だ。英語では“South East Asian Writers Awards”、通称“The S.E.A. Write Award”と呼ばれるこの文学賞は、そのタイ語名を「アセアン最高の創造的な文学賞」（รางวัลวรรณกรรมสร้างสรรค์ยอดเยี่ยมแห่งอาเซียน）という。

東南アジア文学賞は、マンダリン・オリエンタル・バンコク（ホテル）を中心に、タイ国際航空や、タイ作家協会、タイ言語・書籍協会の協力を得て創設された。「東南アジア」の名前が冠されてこそいるが、選考が参加一〇か国（当初は五か国）のそれぞれでおこなわれ、受賞作の各国語への翻訳もほとんどなされないため、名称ほどの統一感はない。だがその創設国であるタイにおいては、現在に至るまで大きな影響力をもっている。

理由の一つは、受賞作の売り上げが、他の作品と比べて大幅に伸びることだ。出版された文学作品が増刷、重版されることの少ないタイだが、東南アジア文学賞受賞作だけは例外的に複数回の増刷、重版がかけられる。小学校・中学校などの課題図書として指定されることもある。結果として、作家自身の生活にも直接的に関わる。

だが歴史的側面から見て肝要なのは、東南アジア文学賞が提示した「創造的な文学」という曖昧な言葉が、その後のタイ文学を支配したということだ。厳密な定義をもたず、「開かれた」概念である「創造的な文学」は、毎年の受賞作の傾向に従って拡張されていき、一つの権威的言説として擁立されていく。創造的な文学こそが文学的価値をもつ、ということの思潮は、前述のスチャート・サワッシーが提唱した、芸術的価値をもった文学作品を「創造的」とみなす思考とは正反対のアプローチであるといえよう。それはまた、東南アジア文学賞の受賞作品でなければ、読書の対象としても、研究の対象としても注目されないという状況を示している。

同文学賞は、東南アジア条約機構（SEATO）の文学賞から発展したものだという指摘がある。「創造的な文学」という言説の誕生には、「生きるための文学＝共産主義的・社会主義的文学」の影響力を排除し、新たな文学的潮流を生み出そうとする文学賞側の意図が見え隠れする。

「生きるための文学」から「創造的な文学」へのパラダイムの転換は、文学における思想の「社会主義」から「個人主義」あるいは「実存主義」への変化だとして語られることも多い。形式的には、これまでリアリズム一辺倒だったタイ文

写真2　『裁き』（2006年第41版）

学の中に、象徴と実験、あるいは「意識の流れ」が導入され、文学的な多様性が生まれることになる。この変化を象徴する作家としてもっともよく言及されるのが、チャート・コープチッティ（ชาติ กอบจิตติ, 1954–）だ。たとえば一九八一年の長編小説『裁き』（คำพิพากษา）において提示されるのは「生きるための文学」で好んでなされた、社会的苦境や階級闘争の単純な描写ではなく、より内面的な個人の意識の動きやその葛藤だ。この作品については多くの先行研究が存在するため、ここで詳細を述べることはしないが、タイ文学史における一つの変化を象徴する作品といえよう。この作品は一九八二年の東南アジア文学賞を受賞した。

チャートの作品と同様の傾向をもつ作品として、たとえばカノックポン・ソンソムパン（กนกพงศ์ สงสมพันธุ์, 1966–2006）が一九九六年に発表した短編集『他の大地』（แผ่นดินอื่น）や、デーンアラン・セーントーン（แดนอรัญ แสงทอง, 1957–）の、一九九三年の長編『白い影』（เงาสีขาว）などがあげられる。前者のカノックポンは「生きるための文学最後の作家」と呼ばれ、かつてはタイ南部に生きる人々の姿、その社会を写実的に描いていた。だがこの短編集では、その社会性・政治性と決別し、多くの幻想的な作品が収められている。後者のデーンアランは、翻訳家として活動したのち、小説を発表するようになる。『白い影』では、長大なテキスト（初版およそ四〇〇頁）において、ほとんど改行もされないまま、一人の男性の意識の流れを通じて、その放埒な半生が語られる。

カノックポン『他の大地』は一九九六年の東南アジア文学賞を受賞した。一方で、デーンアランの作品は『白い影』を含め、長い間、タイ国内での評価には恵まれなかった。しかし、フランスをはじめとするヨーロッパでは高い評価を得ており、その評価を追認するかのように、二〇一四年に彼の短編集『毒蛇』（อสรพิษ）が東南アジア文学賞を受賞する。原則として最新三年間の作品が候補になる東南アジア文学賞において、多くの過去作が収められた『毒蛇』の受賞は物議を醸し、東南アジア文学賞の権威化への批判が高まることとなった。これはまた、文学賞によって担保される「創造性」の曖昧さを示した事例ともいえるだろう。

いずれにせよ、一九八〇年代～九〇年代のタイ文学において、前述のような変化が起きていた。とはいえ、傑出した作品を執筆する作家は決して多くなかった。

理由の一つは、多くの作家が「生きるための文学」の桎梏から逃れきれなかったということだ。「生きるための文学」の検証がなされるのと同時に、「生きるための文学」を旧時代に存在した一つの理想像としてみなす作家たちも現れた。この時代の文学傾向を「人道的な／人間的な生きるための文学」（เพื่อชีวิตแบบมนุษยธรรม）と呼ぶ研究者もおり、「読者の感情」や「文芸的価値」に重きを置く作品が増えた一方で、作品の主題は、いまだに抑圧者と被抑圧者の対立に置かれていた、との指摘もされている。

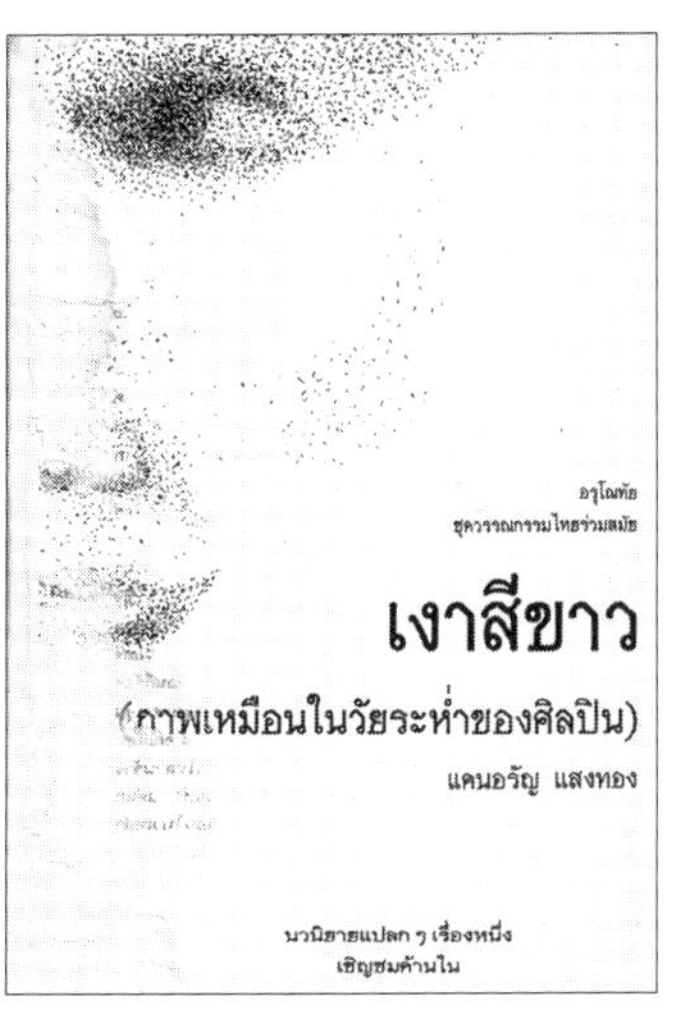

写真3 『白い影』（1993年）

もう一つの理由は、海外資本の大規模な流入が起きることで、タイ国全体の金融・経済システムが変化し、市場経済が出版界の動向に大きく影響を与えるようになったことだ。新聞・雑誌において「広告」がその重要性を増したことで、出版における「冒険」は難しくなる。そんな状況下で発生した一九九七年のアジア通貨危機によって、文学を含むタイの出版業界は打撃を受けた。作家は社会の急速で流動的、そして複雑な変化に対応できずにいたのだ。学者や評論家の役割が増していく一方で、作家は社会的な「情

写真4 『チャンサムラーン』(2003年)

報」や「知識」の要請に応えられずにいた、というワート・ラウィー（วาด รวี, 1971–）の指摘が興味深い。以下に引用する。

> 経済危機は出版業界、特に「生きるため（の文学）」的な精神を盲信し、この一〇年にわたって「知識」を否定してきた文学界の知識人たちの、「知識」の脆弱さを露呈した。滑稽なのは、文学界において「なぜ経済危機を反映し、説明する文学作品が表れないのか」との声が挙がったことだ。まるで、そういう文学作品が発表されれば、経済危機を解決できるのだ、そしてそういった作品を生み出すことが、作家の緊急的な責務であるのだ、とでもいうように。[วาด 2008 : 199]

ワートが文学界の無力を揶揄する一方で、時代の混乱、ある種の世紀末的状況を反映する文学作品が生まれてもいた。ドゥアンワート・ピムワナー（เดือนวาด พิมวนา, 1969–）の小説『チャンサムラーン』（ช่างสำราญ）は二〇〇三年に書籍が出版され、同年の東南アジア文学賞を受賞した。東南アジア文学賞では長編部門を受賞したが、実際には三〇を超える短いエピソードから構成されており、短編集に近い。その断片的なエピソードの中で、集合住宅に住む五歳の少年カムポン・チャンサムラーンと、彼を取り巻く人々の姿、そしてその日常が穏やかな筆致で語られる。そこで提示されるのは、ある種の「ユートピア」とも呼ぶべき共同体の姿だ。時代と社会の混沌の中に存在する、日々の小さな幸福とほのかな悲哀を包含する理想郷として、主人公カムポンの住む世界が描かれる。作品タイトルでもあり、カムポンの姓でもある「チャンサムラーン＝なんと楽しい」という言葉が、物語全体を支配しているともいえよう。

かたやウィモン・サイニムヌアン（วิมล ไทรนิ่มนวล, 1955–）の長編で、二〇〇〇年の東南アジア文学賞を受賞した『不死』（อมตะ）では、同時代が反映されつつ、ドゥアンワートの描いた理想郷とは正反対のディストピアが描写される。主人公の青年チーワンは、医療コングロマリットの経営者プロムミンの息子として育てられる。だが実は、チーワンはその企業が生産したクローン人間で、その身体と臓器をプロムミンの身体に移植する計画が進んでいた。その事実を知ったチーワンの苦悩を中心に、物語が進む。未来の社会を舞台に、消費主義と技術発展の臨界状況における人々の姿が描かれている。ただし、巨大企業と政治の癒着がサブプロットとして提示される点や、主人公チーワンの抱く葛藤を仏教的悟得によって精神的に解決させる点など、前時代的な特徴も多い。

3　作家たちの活動と「個人」の文学

この時代の文学的・社会的・経済的状況が影響を与えたのは、作品の内容だけに留まらない。その状況は、作家たちがそれまでと異なる思想・方法を用いて活動していく基礎にもなった。この時代、少部数印刷の「手作り本」（หนังสือทำมือ）が出版されるようになったり、若い作家が集って同人・ミニコミ的な文芸誌や評論誌を出版したりするようになる。

写真 5　『草地』（2000 年）

たとえば、前述のスチャート・サワッシーが主宰していた文芸誌《花環》（ช่อการะเกด）が通貨危機のあおりを受け休刊すると、《花環》に作品を発表していた若手作家が、二〇〇〇年にオムニバス短編集『草地』（สนามหญ้า）を発行した。ここには二三人の若手作家が短編を寄稿しているが、その発行費用は賛同した作家たちからの寄付に頼っており、同人誌的性格が強かったと

写真6 《Underground Buleteen》(2004年創刊号)

いえよう。『草地』はその後、作家のニワット・プッタプラサート(นิวัต พุทธประสาท, 1972–)が中心となって、六冊が刊行される。さらにそのニワットを中心とした《aw(Alternative Writers)》というミニコミ誌が発行され、同名の作家ネットワークが形成された。

また、前出のワート・ラウィーと、出版社〈庶民〉(สามัญชน)を主宰していた編集者のウィアン・ワチラ・ブアソン(เวียง-วชิระ บัวสนธ์)らが中心となって、出版社〈地下本〉(หนังสือใต้ดิน)を設立したのも同時期のことだ。はじめ〈地下本〉は若手作家の作品集を出版するだけであったが、のちに独立系書店〈地下書店〉(ร้านหนังสือใต้ดิน)をオープンし、さらに二〇〇四年には文芸誌《アンダーグラウンドブレティーン(Underground Buleteen)》の発行を開始する。作品が中心の『草地』などと比較すると、この雑誌は文芸批評や種々の論考、インタビューの掲載に力を入れていた。また、この時期には、在野の学術雑誌である《アーン〔読む〕》(อ่าน)や《ファー・ディアオカン〔同じ空〕》(ฟ้าเดียวกัน)も創刊されている。

むろん、それまでの時代にも作家集団や文芸グループ、それらの集団が発行する文芸誌などは存在していた。特に民主化運動と「生きるための文学」が結びついた一九六〇年代〜一九七〇年代にかけて、多くの大学で文芸グループが結成されて、独自の文芸誌が出版された。評論誌《社会科学評論》(สังคมศาสตร์ปริทัศน์)が刊行され、識者によって旺盛な議論がおこなわれたのもこの時代だ。

だが、先の時代の作家たちの活動と、一九九〇年代末から二〇〇〇年代初頭の作家たちの活動を分けるのは、共有された大きな理念や理想の有無だろう。前者が「民主主義」を旗印として活動したり、社会を導く知識人としての役割を担って評論活動をおこなったりしたのとは対照的に、後者の作家たちの活動には、集団としての確固たる目的などは存在しなかった。それはむしろ、もっとゆるやかな集まりだったといえる。前述の『草地』創刊号の巻頭言に、その特徴が表れている。

今回の協働は、さまざまな時代の文学人たちが集団を結成していたことと、変わりがないのかもしれない。〔中略〕表面的に見れば、〔文学者たちの〕能力を示し、交渉力を増加させるための「集団化」であるともいえる。けれども、より深くその本質を見てみると、ここに集った文学者たちはみな、血気盛んな若者たちで、同じ時代に生まれ育っているのだ。彼らが集ったのはただ一つの「本当の」理由からだ。それは、話が通じるということだ！それ以上はなにもない……。

今後、「なにが――どのような」現象が起きるかということに関して、彼らは考えたこともなく、考えることに興味もないということは、確実だ。［คณะผู้ดำเนินงาน 2000 : 12］

着目すべきは、この作家たちが自らをひとつの「集団」として想定するよりも、あくまでひとりひとりの「個人」が集まった姿であると認識していたことだろう。先の巻頭言からさらに引用する。

社会主義システムが崩壊してから、世界は資本主義・消費主義によって支配され、新時代の人々の行動にも「個人」という方向性において影響を与えている。人々はそれぞれに暮らし、互いに興味をもたない。新世代の作家たちもまた「個人」性をもっていると見られている。それぞれの作家がそれぞれに活動し、集おうとしないと。［คณะผู้ดำเนินงาน 2000 : 9］

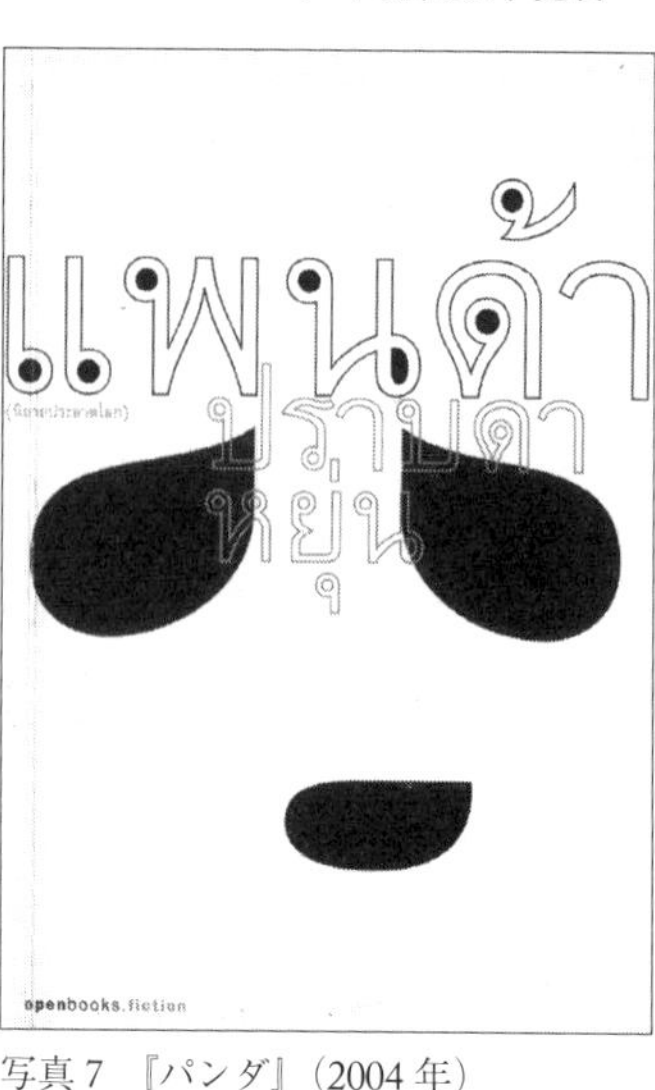

写真７ 『パンダ』（2004年）

その「個人」性をもとにしていかに「集い」、どのような「活動」をおこなうかという検討が、この文章に続いて展開されていく。タイ文学のパラダイム転換による「社会主義」から「個人主義」への変化と、その後の作家たちを支配した「生きるための文学」の桎梏についてはすでに述べたが、《草地》における作家たちのこの宣言は、その桎梏からの解放を示していたともいえるかもしれない。

そして、その解放を象徴するかのように「新しい」文学として登場したのが、前述したプラープダー・ユンだった。彼が東南アジア文学賞を受賞した際の研究者、批評家による評価も、賛否を問わずその「新しさ」に言及していた。その評価のポイントは、文体・統語法の特殊性、叙述・表現技法の実験性、思想・物語的特徴の新奇性、という三点に集約される。

ここで注目すべきはその思想・物語的特徴だ。多くの論者が、プラープダー・ユンの作品は社会や集団よりも「個人」を重要視していると指摘している。二〇〇四年の長編小説『パンダ』（แพนด้า）には、その特徴がよく表れている。バンコクに住む二七歳の男性は、太った体型と、目の下のクマから「パンダ」というあだ名をつけられている。彼は、ポルノＶＣＤのスクリプトライターとして働いている。ある日パンダは、自分には地球以外に故郷の星がある、ということに気がつく。パンダは、地球に生まれてしまったのは誤りであると認識し、自らの生まれ星への帰還を目指す。その物語が、パンダ自身の手記の形をとって語られる。

この作品に登場する人物の多くは、現代社会における弱者・マイノリティとして見なされる存在だ。主人公のパンダと、パンダに想いをよせる女性インは、どちらもその太った体に生きづらさを覚えている。パンダの高校時代の友人ピーはゲイであり、それを理由にパンダに拒絶される。パンダが勤務する会社の同僚たちや、そこで制作されるポルノ映画に出演する女優たちは、社会の日陰にある産業に従事している。先行研究でも指摘されているように、『パンダ』にはそういった社会的弱者が自己を承認していく過程が描かれている。

以下に引用するパラグラフは、いっけん抽象的ではあるが、この作品における「社会」と「個人」の対立を顕著に示している。

> すべての人間にとっての最高の目標は、それぞれの人間がどの星に生まれるべきであったか感得することだ。そして、その星が判明したら、自らの星に無事帰還する方法を探すべく勤しまなければいけない。〔20〕

この「星」が意味するのは、それぞれの個人が帰属するべき社会のことではない。それよりも狭い領域の、それぞれの個人がそのアイデンティティとしてもつ、個人的な世界のことを意味している。この作品において、社会の中で自らの「星」を見つけ出してそこに帰還することは、自己承認のプロセスを意味している。その上で、個人が、社会ではなく自らの「星」に帰属している状態が、ひとつの理想として提示されている。

物語の終盤、北部チェンマイ県に向かう道中で突如自らの「星」への帰還に成功した主人公パンダと同僚のインは、互いに寄せる思いに気がつき、恋人関係になる。それでもなお、パンダの「星」とインの「星」は異なる「星」である。

> もう一度はっきりいうが、ぼくとインは同じ星にはいない。〔中略〕なぜなら、それはつまり、それぞれの人の然るべき星への帰還は、離別して孤独に生きることや、これまでの人生で会ったことがない見知らぬ人々と一緒

に生きることを意味しないからだ。〔253〕

先の引用箇所、および「ぼくの星は息苦しくない――ぼくには他の住人がほとんど見えてすらいない。けれども、彼らと彼女らがいつも近くにいるということは、よくわかる」〔250〕という主人公パンダの言葉の中に、まず「個人」を中心に据えた上で、「社会」において共存していくという世界認識が提示されている。「個人」であることに価値を置いた新世代の文学者たちの作品として、象徴的であるといえよう。

二　二一世紀のタイ文学の潮流

本節においては、二一世紀のタイ文学の現況を、いくつかの作品テクストを取り上げることで概観する。その傾向は、二つに大別することができる。一つは「孤独」の文学とでも呼ぶべき作品傾向、もう一つは「政治」の文学とでも呼ぶべき作品傾向だ。「孤独」については、先に挙げた「個人」の文学の発展した形であるともいえる。「政治」の文学は、二〇〇六年の軍事クーデターとタクシン元首相の追放を発端として起きた政治的混乱に呼応する形で発表された作品だ。ただしこれは、厳密に二分された潮流が存在しているという意味ではない。タイ文学の歴史的な流れを踏まえると、むしろ「孤独」と「政治」、あるいは「個人」と「政治」といった二つの特徴を兼ね備えた作品が生まれている、あるいは、現代タイの文学はその二つのはざまにある、というほうが正確だろう。

1　「孤独」の文学

先に述べたように、二〇〇〇年に前後してタイの作家たちは「個人」であることに重きを置くようになる。プラープダー・ユンの『パンダ』の例に見るように、その傾向は作品にも反映されていた。二一世紀に入ってからのタイ文学には、その特徴がより先鋭化した、もう一つの流れが生まれている。

『パンダ』では、登場人物が「星への帰還」＝「自己承認」のプロセスを経て、社会の中の個人として独立するさまが描かれていた。この「独立」は、社会において他者と共存するための、外向的・積極的なものであった。かたや以下で言及する作品では、登場人物が社会や他者との紐帯をもたず（あるいは限定的にしかもたず）、内向的で後退的ともいえる「孤独」な状態にある。

中編小説『庭の蛍』（หิ่งห้อยในสวน）は二〇一〇年に発表された。作者は前節で言及した『草地』の中心人物であったニワット・プッタプラサートだ。一九七二年生まれだが、プラープダーら同世代の作家と比較すると早くから活動しており、発表作品の数も多い。二〇〇〇年に自身の出版社〈ポーキュパイン・ブック〉（สำนักพิมพ์เม่นวรรณกรรม）を設立し、自らの作品を出版するとともに、若手作家の発掘・育成にも力を入れている。同出版社の作品は、ニワットをはじめとして、都市に生きる若者の「孤独」を描くものが多く、「ポーキュパイン的」とも呼べる一ジャンルを形成している。

写真8 『庭の蛍』（2010年）

『庭の蛍』は、自ら命を絶つことを決意した青年の独白、という形式で書かれている。青年の日記を、その姉が出版社にもちこみ、それが出版されたという体裁をとった作品だ。青年が自殺を決意し、日記を書き始めた三月二五日から、実際に命を絶つ四月二九日までの、およそ一か月のあいだの心の動きが描かれている。

主人公の青年が自死を決意した理由は、自らの社会的な価値を見出せず、社会の中に実体をもてずにいるからだ。

ぼくがそうなって欲しいと思うものは、ぼくの為したとおりにはなってくれない。ぼくは社会になにかを生み出すことはできない。ぼくには能力がない。僕は能力をもたずに生まれてきた。才能もなければ、努力で得たものもない。もし神が世界の創造主なら、ぼくは偶然生まれた余分な存在だ。未完成の彫刻。作られる途中で捨て置かれたもの。書き終わらない小説。作品が世に出る前に作者が死んでしまったのだ。〔26〕

自己を卑下する言葉が並ぶ。そして、青年がこのような心境に至る原因となった、過去のエピソードが語られる。小学校で美術教師から受けた体罰、中学生のときの落第、高校生のときに出会った少女との恋愛と別れ、大学の先輩に対する憧れと失望。これらの経験を経て、青年は自己肯定感や自己承認の意識をもてないまま成長していく。

着目すべきは、青年が、自己承認の欠落ゆえに、他者を自らの「モデル」として設定し、ただそれに倣おうとすることだ。共産主義にかぶれた大学の先輩を見れば「ぼくも先輩たちのようにかっこいい言葉を使いたかった」と、先輩たちの真似をして詩集を読んだり、哲学書を手に取ったりして、共産主義者としてふるまおうとする。だがそれは、ただ「その形式に狂い、夢中になっている」だけであり、「ぼくがなれたのはただの暗記家か、修辞家だけだった」〔24‐25〕。また、より直接的な形では、かつての親友ルンロートについて「彼はぼくが人生のモデルにしたい人間の一人だ。ルンロートがぼくの倣うモデルであると、勇気をもって言うことができる」〔36〕とまで評している。

『パンダ』の主人公のような確固たる自己をもてない青年は、他者との円滑で親密な関係を構築できず、孤立を深めていく。たとえば、高校時代に友人たちとバンドを結成した青年は、バンドのメンバーから一人だけ、「切り離されている」ような感覚を覚える。「よく分からないけど、バンドにいるとき、ぼくは孤独みたいなんだ」〔29〕。

さらに決定的な出来事となるのは、高校時代に青年が経験した失恋体験だ。バンコク近郊のサメット島へ友人と向かった青年は、島で出会った女性プーイと親しくなる。プーイとの出来事について、青年は「初恋ではなかったが、そのようなものだった」[49]と述べ、特別な思い入れをもつ。

青年は「作家になりたい」という密かな夢を、プーイにだけは語っている。それまで続いてきた日記の中で、このエピソードに限り「あの日はまだ甘く」と題された短編小説の形式で記そうと試みる[50]。だが実際には、それまでの日記と文体・表現における変化は見られず、この青年の試みは失敗している。

その思い入れの強さは、プーイとの関係においても齟齬を生む。バンコクの高校に通う青年と、タイ東北部の大学に通うプーイは、文通を続ける。その文通は「大部分はぼくが彼女に宛てて書き、深い恋しさを吐き出していた。彼女は長い手紙一通で返事をしてきた」[53]という、一方通行的にも見えるものであった。作家になりたいという青年に、プーイは一冊の詩集と、自ら書いた詩篇を送る。

愛は木の葉のようなもの　寄る辺なく弱く
摘み取るだけで　風に流され舞っていく[53]

その詩篇に、青年も詩で応答する。

愛は死よりも強い　もし愛を失えば
死に奪われるだろう……　命を[53–54]

愛の儚さを伝えようとするプーイの詩に対して、愛と死を直接結びつける青年の詩は直情的だ。詩を読んだプーイは青年のことを「悲しすぎるし、感情的すぎる」〔54〕と述べる。互いの感情の扞格が浮き彫りになる中で、プーイは手紙を書いて青年に別れを告げる。

この別れを経て、青年の孤独は深化していく。それは単なる悲しみによる逃避というよりも、より積極的に他者と距離を置き、自ら孤独であることを選ぶものであり、失意に満ちている。

> それからぼくは常に一人でなにかをするようになった。ぼくは一人で映画を見て、一人で旅をして、一人で考え、食堂では一人で食事をした。ぼくはなにをするにも一人だった。ぼくは生きていることに困難を覚えなかった。ぼくの人生は、この世界に一人でいることに向いていると思った。〔中略〕ぼくは誰かにぼくを理解してほしいと、少しも思わなかった。大切でない人間とは、ほこりや、かすのようなものだ。一粒のほこりを理解しようとするなんて、無意味なことだ。だからぼくは、自分が誰かよりも大切な人間だとは感じなかった。ただのほこりが世界を変えられるはずはない。ぼくはそういう人間なのだ。けれどもどうすることができようか。ぼくはそういう人間であることを好んでいたし、ずっとそうでありたいと思っていた。〔57〕

このエピソードを最後に、青年は過去を振り返ることを止める。青年にとっては、死こそが、自らの積極的な選択によって手に入れることのできる唯一のものとなり、それを、残される家族に伝えようとする記述が続く。だが、そう記す青年の決意とは裏腹に、そこには最後まで自らの存在を承認してほしいという欲求が表れる。それは、青年が選ぶ自死の方法にすら反映されている。

三月二九日の日記で、青年は、悲劇的な死を遂げたり、自死を選んだりした著名人について述べる。青年が賞賛する自死のありかたの例として、実在するイギリスのロックバンド、マニック・ストリート・プリーチャーズの元メンバー、リッチー・ジェームスの失踪が挙げられる。彼は、一九九五年二月一日に滞在中のホテルから失踪し、発見されることがないまま、二〇〇八年に死亡宣告が出されている。青年は、痕跡を残さなかったリッチー・ジェームスの失踪を「汚れなき白の絵」〔35〕と喩える。

まるで彼は世界から消えていったみたいだ。まるで毎日の朝が訪れるのと同じようなある朝に、ただ消えていった。まるで彼がこの世界に生まれてこなかったとすら思えるくらいに。そして彼は静かに消えていった。音を立てることなく、平坦で、柔らかで、美しく。〔35〕

青年は、誰からも認識されることのない死を望んでいるかのように読める。だが実際に青年がとる方法は、コカコーラに殺鼠剤を混ぜてそれを飲むというものだ。その理由について青年は、以下のように記す。

リッチーのやり方は静謐すぎる。寂しくて、空虚で、死というよりも消失に満ちている。ぼくは行方不明者になりたくはない。ぼくは自らを殺した人間としての名を得たい。〔67〕

そして青年は自ら命を絶つ。この引用に見られるように、最期の瞬間まで、青年は自分の存在や行為を他者から認めてもらおうと望んでいる。自ら他者や社会からの離反を選びながら、それらとのつながりを求める青年の自家撞着的な言行は、死という帰結と相まって、その孤独を強調する。

この「孤独」は、消費主義化・都市化の進む現代社会において人間の心理がたどり着く、妥当な帰結ともいえる。主人公の青年の短絡的、未熟、ヒロイックな思考・行動が、単調で深みのないプロットを生み出しているきらいもあるが、タイ現代文学の一つの傾向を示す作品として、特徴的といえる。

2 「政治」の文学

二一世紀のタイ文学におけるもう一つの作品傾向は、現代タイの政治的混乱を反映したものだろう。簡潔に記す。二〇〇六年の軍事クーデターによってタクシン・チナワット元首相が追放されて以降、いわゆる「赤服（赤シャツ）＝タクシン派」と「黄服（黄シャツ）＝反タクシン／王党派」の対立が激化した。幾度となく繰り返された両派の大規模なデモ活動や、治安部隊との衝突の中で、多数の死傷者が出た。二〇一一年の総選挙を受けてタクシン元首相の妹、インラック・チナワットが首相に就任してからも、不安定な状況は続いていた。

二〇一三年の後半になると、大きな動きが起こる。インラック首相率いる政権与党のタイ貢献党が提出した恩赦法案に反対する、野党および野党支持者による反政府デモが発生した。野党民主党の元幹事長ステープ・トゥアックスバンを中心に組織され、黄服デモ隊の流れを汲むＰＤＲＣ（国王を元首に戴く完全な民主主義にタイを変革するための人民委員会）のデモ隊は、「バンコク・シャットダウン」を掲げ、バンコク都内の主要交差点を封鎖して、抗議活動を続けた。議会の解散と総選挙の実施が決定した後も、ＰＤＲＣの活動は続き、二〇一四年五月にはインラック首相が失職したが、混乱は収まらず、同二二日に軍事クーデターが発生した。

他の芸術領域と比較すると、文学は決して即時性が高い表現媒体とはいえない。だがこの現代タイの政治状況は文学においても反映されており、多くの作品が発表されている。先述のように、旧来の「生きるための文学」やその影響を受けた作品群は、半ば硬直化した作品構造をもち、特定の思想信条・理念を提示する傾向にあった。だが現代の政治文学はもはやそのような形式を採用せず、その状況の複雑さを描写しようと試みることで、作品にも多様性が生まれている。

『二五二七年のひどく幸せなもう一日』（อีกวันแสนสุขในปี 2527）は、二〇一四年に発表された中編小説で、作者はウィワット・ルートウィワットウォンサー（วิวัฒน์ เลิศวิวัฒนวงศา, 1972–）だ。ウィワットは小説家よりも、映画批評家フィルムシック（Filmsick）としての活動が知られており、タイにおいて上映機会の少ない作品の上映会を開催したり、映画関連書籍を出版したりする団体〈フィルムヴァイラス〉（Filmvirus）」のメンバーでもある。二〇一三年頃から精力的な創作活動もおこなっており、いくつかの短編集と詩集を発表している。

『二五二七年〜』は軍事クーデターからわずか三か月後の二〇一四年八月に発表されており、その内容と合わせて考えると、非常に即応性の高い作品だといえるだろう。作中に流れる時間は、先述のPDRCが活動を始めた二〇一三年後半から、二〇一四年五月の軍事クーデター発生までだ。ただそこで主眼に置かれているのは、政治的状況そのものの具体的な描写というよりも、政治的混乱がそこに生きる人々の日常に変化を及ぼし、侵食し、最終的にその幸福を崩壊させるさまを描くことだ。

写真9『二五二七年のひどく幸せなもう一日』（2014年）

物語は全四章に分けられており、各章ごとに主要登場人物が変わる。登場人物はそれぞれ異なる政治的立場をもっている。第一章は会社員の女性マーリーが、友人に誘われて、バンコクで開催されたPDRCのデモ集会に参加する。第二章はタイ東北部出身で、現在はタイ南部のデパートで家電製品を売る女性についての物語だ。彼女が、デパートの男性客である警察官と不倫関係になる。彼女はかつて赤服のデモに参加したことがあるが、一方の男性はＰＤＲＣの熱烈な支持者で、赤服デモ隊およびタクシン元首相を軽蔑している。第三章では、第二章に登場した警察官の妻の物語が描かれる。彼女は夫とともに反タクシン勢力のデモに参加するが、夫の不倫を疑い、関係が悪化する。第一章のマーリーは、この夫婦の娘である。第四章では、第三章の夫婦の息子であり、第一章のマーリーの兄である男性を中心に物語が進む。留学から帰国した男性は、母の反対を押し切り反クーデター活動に赴くが、友人たちや恋人から強烈なバッシングを受け、インターネット上に醜聞をさらされてしまう。

肝要なのは、すべての登場人物が本来は政治と距離を置いていたり、関心を寄せていなかったりする点だ。

第一章のマーリーは、謎の死を遂げた親友スリーのことを日々懐かしみながら暮らす。そんな折、密かに思いを寄せる職場の同僚エムに、デモへの参加を誘われる。マーリーはＰＤＲＣのデモに参加するが、その目的は単にエムと近づくことでしかなかった。「マーリーはほとんど即座にそれに応じた。それがなんのデモで、なんのために人が集まっているのか、よく分かっていなかったのだけど」〔13〕。

第二章の主要登場人物、デパートで働く「あなた」は、かつて父に付き添って赤服のデモに参加したことはあるが、故郷であるタイ東北部から「南に降りてきてからはますます関わりもなくなっていた」〔32〕。この「あなた」が不倫関係をもつ相手の男は、「あなた」とは対立する政治的意見をもっている。だが、「あなたは彼が反政府デモ〔反インラック政権・ＰＤＲＣデモ〕に行っていることを知らなかった。彼のような正統な南部の男が今の政権を好きなはずがないということも知らなかった」〔32〕。タイ南部が当時の野党民主党の支持基盤であることは、当時の政治的文脈においては常識的なことではあるが、「あなた」はそのことを知らずに男と関係をもつ。「あなた」にとって、「デモ会場でなされるスピーチや議論」は、「波の音と変わりがない」〔30〕。政治が、離れた場所に存在している。

第三章の女性は、更年期障害に悩まされており、精神的に不安定な状態が続いている。そこに夫の不倫の疑惑が生まれ、女性はますます苦しむ。彼女は夫とともに、タイ南部の県で開催されているＰＤＲＣのデモに参加しているが、夫に対する怒りと混乱で、もはや状況を把握できずにいる。「ステージ上では、誰かが誰かを口汚く罵っていた」〔52〕というほどに、彼女の認識は曖昧だ。首都バンコクで開催されている大規模デモ活動に参加すれば、自らの感情が救済されると考えた女性は、娘（第一章のマーリー）を頼ってバンコクを訪れる。だが結局は大規模デモに参加することもなく、夫との今後、自らの老後、娘の将来について悶々と考えるだけの日々を過ごす。

第四章の男性「あなた」は、オーストラリアに留学しており、そこで出会った現地の若者と恋人関係になる。恋人は「あなた」の知らなかったタイの歴史、すなわち公定史観とは異なる歴史を教える。だが男性はその話を「聞きたくない」〔64〕と拒絶し、恋人との性的な関係に夢中になる。「あなた」にとっては、タイの「王室と政治の関係」すら、「まったく関係のないこと」〔66〕である。タイにいるかつての友人たちは、フェイスブック上で反タクシンの意志を表明しているが、彼らが政治に関する投稿をしていても、やはり男性はそこから距離を置こうとする。

いまでは、あなたは彼らと完全に違ってしまっていた。彼らは力強く、活発だ。政府を追い出そうとする濃厚な時間の下で、政治的動物になっていた。あなたは〔彼らの言う〕悪の政権からはとても遠いところにいたし、彼ら自身の奇怪で誤った論理も目にしていた。だからあなたはほとんど興味をもたず、意見を表明しない、という以上のことはせずにいた。〔68－69〕

だが、彼らが望む、望まないに関わらず、政治が彼らの日常に変化を及ぼす。

第一章のマーリーはデモに参加することで、それまで親しくできずにいた同僚たちと近づく。「彼女は、これまでつながることのできなかった世界とうまくつながることができていると感じていた」〔17〕。さらに、それまでマーリーを「政治だとかそんなものに興味などもたなそうな、単なる子ども」〔18〕だとみなしていた母が、マーリーを「誇りに思う」〔18〕ようになる。親友を失い、日々を空虚に過ごしていたマーリーにとって、デモへの参加は特別な意味をもつ。「マーリーは、自分が長いあいだ得られなかった温かさを、デモに参加したことで手に入れられた」〔18〕。

マーリーは政治を媒介にして同僚たちや自らの想い人と親しくなり、幸福を享受する。だが同時に、マーリーとそれ以外の人々が政治に対してもつ認識や態度には齟齬があり、それがマーリーと人々の関係にも影響する。デモ会場で想い人のエムと会話をするマーリーだが、「彼女にはエムの話すことが理解できなかったし、いくらか噛み合っていないように思えたし、実際のところは驚くほど噛み合っていなかった」〔15〕。会社の同僚たちとの会話においても、マーリーはただ相手の話に調子を合わせるだけだ。

デモへの参加を続けるマーリーだが、エムが、他のデモ参加者の女性と恋人関係にあることを知る。「彼らは一緒にホイッスルを吹き、彼らが理解する必要のないことについて話していた」〔18〕とあるように、マーリーとの場合とは異なり、エムとその恋人のあいだには認識の相違が起きていない。さらに、職場で実施された新年を祝うくじ引き会において、期待したようなエムとの交流をもてなかったマーリーは、失望を抱えてデモに向かう。

本当はエムを探すつもりだったのだ。彼女は、エムもデモに来ているだろうと考えていた。けれどもエムは来ていなかった。〔中略〕足が疲れるまで歩き、人混みの中に若い男性を探した。けれども彼女は誰にも出会わなかった。エムにも、エムの彼女にも。スリーにも。〔21〕

作中でマーリーがデモに参加していたのは、実際にPDRCによるデモが激化していた二〇一三年一二月と二〇一四年一月をまたぐ期間であると考えられる。作中ではたびたび「新年と祝賀のムード」について言及され、彼女の職場では、新年を祝うくじ引き会が開催される。マーリーがデモに参加して、人々と近づき、幸福を覚え、そして失望するという一連の流れが、旧年から新年への移り変わりとともに描かれている。この変遷が、第一章の終わりとなる、以下に引用する文章に表現されている。

一二個ある月のうち、彼女は一二月を最も愛していた。そして同時に、彼女は一月を一番嫌っていた。なぜなら一二月は終わりを示す記号だからだ。あらゆるもの、空気ですら緊張を解く。けれども一月はその逆で、なにものにも終わりがないことを証明してしまう。〔中略〕一月は、苦痛と絶望の人生がただ続いていくだけだということを証明してしまう。［23］

政治を通じて一時的に獲得されたマーリーの幸福は、政治を通じて失われていく。

第二章と第三章の登場人物も、マーリーと近似した運命をたどる。以下に簡潔に述べる。

第二章の「あなた」の不倫関係は政治的状況の進展に伴って崩壊に向かう。不倫相手の男性が、妻と関係を修復したからだ。「デモに行くようになって、彼は妻と元のサヤに収まっていた。一緒に政府を追い払おうとすることが、彼と妻を再び近づけた」［34］。また、PDRCを支持し、反タクシン派の立場をとる男性は、タクシン派の支持基盤であるとされ、貧困・低学歴の人々が多く住むと見なされている東北地方出身の「あなた」を軽蔑する態度をとる。

彼はあなたに訊く。政府を追っ払いに行こうと思わないのか？　そうか君は赤服なんだろう？　彼はあなたをからかっているだけだ。イサーン〔タイ東北部〕のやつらはどいつも同じだ、と茶化すようにいった。［35］

この言葉をきっかけに、「あなた」は男性の元を離れる。政治的立場の違いが決定的な要因となり、二人の関係は終わりを迎える。

第三章の女性は、娘を頼って訪れていたバンコクから、バスで南部に戻る。自身の苦しみに耐えることが「美徳」であるとの結論に至った女性は、「すべてが静けさの中に戻っていった」〔56〕と感じる。車中では、職場の送別会で自らを解放して踊る自分の姿を夢見る。そこに娘からの電話があり、軍事クーデターの発生を知る。「一晩のうちにすべての問題が解決してしまったみたいに、彼女は喜びを感じた」〔57〕。だがその直後、海外にいた息子が知らないうちにタイに帰国しており、自分が支持するクーデターへの反対運動に参加していることを知る。政治によってもたらされた幸福が、瞬間的に崩壊していく。

娘が、バンコクのどこかの部屋でクーデター反対のプラカードを掲げる兄の写真を、フェイスブックで見たというのだ。彼女は娘にその写真を送るよう頼んだ。彼女が押し隠しておこうとした怒りがゆっくりと爆発した。彼女の中で、なにかが粉々のバラバラに崩れ去って、もう戻らない。〔57－58〕

第四章の登場人物である「あなた」にも同様の変化が訪れる。だがその変化は、より極端なものだ。オーストラリアの恋人との関係を終えた「あなた」は、タイに帰国する。彼は母の監視や束縛を嫌い、かつての恋人である、自分のいとこの部屋に居候する。さらに、友人の紹介で、雑誌編集の職につく。「あなた」の生活は、落ち着いたものになる。

だが、政治的状況が「あなた」の周りに変化をもたらす。フェイスブック上では、友人たちが激しい政治的議論を繰り広げている。「憎悪があなたのところまで流れてきて、怖いほどだった」〔72〕。かつての友人たちは政治的意見の違いから対立し、絶縁状態になる。

さらに、同性愛者であることが他人に知れてしまうのを恐れた恋人が、「あなた」を単なるいとこだと友人たちに紹介したことで、二人は口論になる。その晩に軍事クーデターが発生し、「あなた」は怒りのままに、クーデター反対の意志を示す画像を、フェイスブック上に投稿する。「あなた」はその投稿をすぐに削除するが、それ以外にも、公共の場所でのクーデター抗議活動に参加する。

その「あなた」のようすが写真に撮影され、フェイスブック上に流れる。クーデターを支持する恋人と友人たちに非難され、結果、恋人の家を出て、妹であるマーリーの家に居候することになる。

あなたは怒った。〔中略〕けれどそのとき、あなたはむしろ怖かった。〔中略〕恐怖が、あなたに罪の意識を芽生えさせた。感情が、あなたを突き刺した。政治的立場を表明することで自分が悪人に変わってしまうなんて、考えたこともなかった。〔77〕

さらに「あなた」の恋人が、「あなた」のあられもない姿の写真と、反クーデター活動をおこなう写真に、「危険なオカマ」〔81〕であるとの言葉を添えて、フェイスブックなどに流出させる。「あなた」の過去を知る友人たちや、現在の同僚たちが、その写真を他人とシェアし、虚実をないまぜにして、「あなた」の醜聞を作り上げていく。

あなたがかつて知り合ったすべての人が、コメント欄で協力してあなたの歴史を書き直している。消された歴史が掘り起こされている。〔中略〕あなたはその画像を見ていった。コメントを読んでいった。体じゅうのあらゆる穴に何百もの肉棒を突っ込まれたみたいに、大勢の人の前でレイプされているみたいに、全身が冷たくなった。

あなたはあなたから野蛮な人に、教室でオナニーして、友人の秘部を触ろうとしていた変態に、友人の持ち物を盗んだ不快なやつに、口の悪い人間に、気持ち悪い顔のオカマに、変わっていった。[81]

人々の生み出す怪聞によって、もはや味方を失った「あなた」は「本当のところあなたは誰で、あなたはなにを信じていたのか、ということを忘れてしまう」[83]。政治を通じて「あなた」の平穏な日常だけでなく、「あなた」の自我すらも崩壊していき、物語が終わる。

なお、幸福な日常が政治によって崩壊する、というこの作品の主題は、作品冒頭の謝辞に挙げられた二つの人名にも反映されている。その人名とは、「ナワポン・タムロンラッタナリット」と「ジョージ・オーウェル」だ。

ナワポン・タムロンラッタナリット（นวพล ธำรงรัตนฤทธิ์ 1984–）は、現代タイの若者から高い人気を得ている映画監督だ。本作第一章の登場人物マーリー（มาลี）とスリー（สุรีย์）の物語は、ナワポンの二〇一三年の長編映画『マリー・イズ・ハッピー（Mary is happy, Mary is happy）』へのオマージュとして書かれている。映画では、主人公の二人の少女「マリー」（แมรี่）と「スリ」（ซูรี）のいっけん荒唐無稽ながら幸福に満ちた日常が、急転直下、崩壊に向かい、成長していく少女が静かに現実を生きていくさまが描かれている。この小説の第一章は、その映画の後日譚として読むことができるし、映画で提示されたモチーフが、こちらの小説で反復されているという見方もできる。

「ジョージ・オーウェル」は、イギリスの作家ジョージ・オーウェルを指している。本作品タイトルの「二五二七年」は、仏暦二五二七年を意味する。タイにおける仏暦から西暦への計算方法は、仏暦から「五四三」を引けばよい。二五二七から五四三を引くと、答えは一九八四となるので、仏暦二五二七年は西暦一九八四年を指す。「ジョージ・オーウェル」の名前と合わせて考えると、それが彼の小説『一九八四年』を意識した数字であることは、容易に想像がつく。

『二五二七年〜』が発表された二〇一四年のタイでは、クーデター後の軍事独裁、全体主義的傾向、監視社会化の様相が、『一九八四年』作中のオセアニア国におけるディストピア的状況と酷似していることを憂えた人々が多く現れた。彼らによるクーデターへの抵抗運動の一つとして、公共の場所で『一九八四年』を読む風景が散見された。

また、第四章における歴史や記憶の改竄は、『一九八四年』の主人公ウィンストンが勤務する真理省において日々おこなわれていることでもある。「あなた」は「二五二七年」すなわち「一九八四年」に生まれたと設定されている。自分自身の歴史が改竄され続け、自己を失っていく「あなた」は、「思い出すどんな過去もないし、どんな未来もあなたを待っていない」、「一つの空っぽの存在」に変わる〔75、82〕。それは、「二五二七年」に赤ん坊として生まれた当時の、自分の力ではなにもすることができない状態、どんな個人の歴史も刻まれていない白紙の状態に近い。その上で記される、第四章最終段落の言葉「まるで二五二七年が、終わることなく伸びているようだ」に、政治的状況に翻弄される人々の姿を描こうとする作家の意志を見るのは、決して誤ってはいないだろう。

3　「個人」と「政治」のはざまの文学

本節においては「孤独」と「政治」の文学を、二一世紀のタイ文学における二つの特筆すべき傾向として挙げているが、厳密に見れば、二〇〇六年以降の混乱を描く「政治」文学的傾向は、ごく現代的な動向といえる。一方の「孤独」は、「創造的な文学」の時代から散見された個人主義・実存主義文学の流れと合わせて考えると、一九七〇年代後半から続く比較的長期にわたる動向であるともいえる。乱暴な推論ではあるが、「生きるための文学（政治）」から一度「個人・孤独（ポストモダン）」の文学を経由し、再び「政治」文学に向かうというジャンル的変遷は、文学形式の発展において少なからず影響を与えていると考えられる。

何度か述べているように、かつての政治文学や「生きるための文学」においては、作品のもつ特徴も、作家たちの

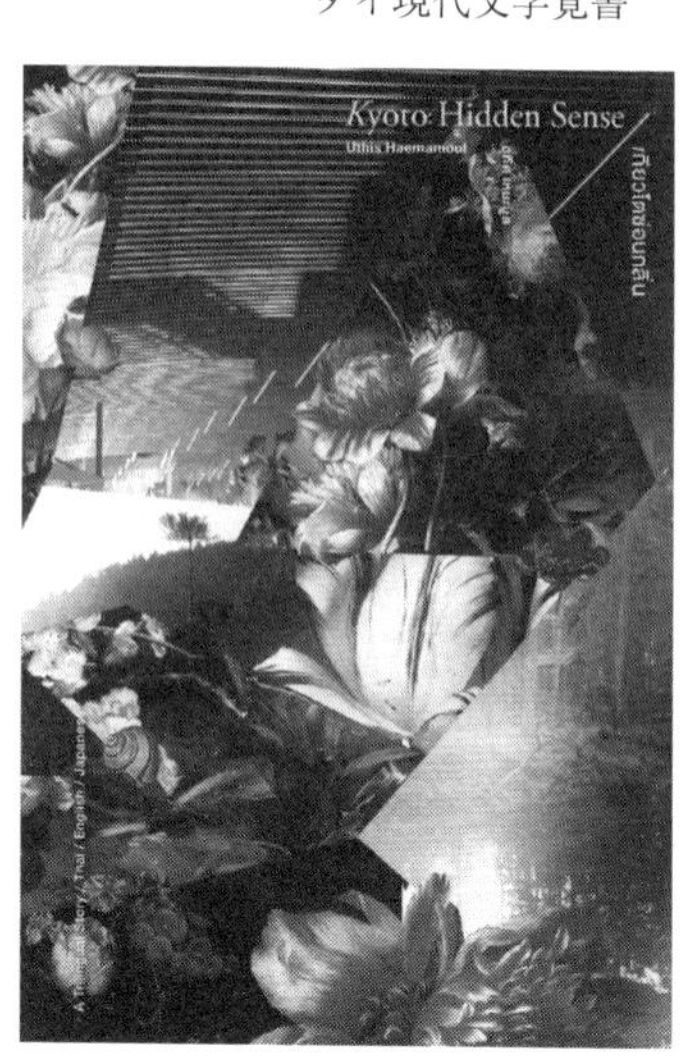

写真10 『残り香を秘めた京都』（2014年）

活動も、一つの共有された理念や理想を提示したり、社会を導く人々としての役割を自らに引き受けたりする、一種の「公共性」を強くもつものであった。それが「個人・孤独」の時代を経ると、その公共性は失われ、「政治」が「個人」に引きつけられた作品が生まれるようになる。前項で挙げた『二五二七年のひどく幸せなもう一日』の第四章などは、その「個人」と「政治」のはざまで、居場所を失った人々の姿を描いているといえる。

同様の特徴をもつ作品を一つだけ挙げる。ウティット・ヘーマムーン（อุทิศ เหมะมูล, 1975–）が二〇一四年に発表した中編小説『残り香を秘めた京都』（เกียวโตซ่อนกลิ่น）だ。彼は長編『ラップレー、ケンコーイ』（ลับแล, แก่งคอย）で、二〇〇九年の東南アジア文学賞を受賞している。その『ラップレー〜』を含め、これまでの彼の作品では、出身地であるタイ中部サラブリー県を舞台に、作者自身の姿を投影した登場人物と、その父とのあいだの確執が描かれていた。その後景には現代タイの政治・社会状況が必ず存在しており、登場人物の個人的な物語とタイの政治が交差する点が描かれている。

『残り香を秘めた京都』は、タイ人青年ワリーの物語だ。ワリーは、強権的な父からの抑圧を受けて育った。さらに、成長に際しておこなうさまざまな秘事が、父の窃視にさらされてきた。自慰行為すら例外ではない。一七歳の頃、ワリーの家族は、友人を連れてキャンプに向かう。ワリーと友人は同性愛の恋人関係にあり、森の中で人目を避けて密会するが、そのようすも、森の中の清流で泳ぐ父に目撃される。その目撃と同時に、事故によって父は水死する。だが父の死後も、ワリーは常に父の監視の目を感じるようになる。夢の中では「壁」に姿を変えた父に襲われもする。

> 夢の中の古代の壁は、疑いなく父が象徴された姿であると、彼は考えていた。遺灰のような香りも、壁のあのような凝視も。〔中略〕実際、父はこの世を去っているが、いまでは生きていた頃とは異なる姿で、彼の前に現れていた。父は人の身体から他のものに姿を変えた。彼がかつて好み、父の視線から隠蔽できていると思っていたものであっても、この世を去ってからの父がそれを支配し、そしてワリーが彼自身と父を「隔てている」と思った場所や物質に憑依していた。〔22〕

父が水の渦に吸い込まれて死んでいく記憶と、「壁」となった父の監視の目が、その後の彼の人生の節々で姿をのぞかせる。彼はその影響を、大学の卒業論文『父性のさまざまな形式』に投影させようとする。

> 彼は自分の父を擬人化の形象として用いて、より高次の重要性、つまり歴史、政治、そして社会と結びつけた。そして歴史を、父権主義的統治の側面から解釈した。〔36〕

ここでワリーが試みたのは、自らの父の抑圧的な父性を、タイ社会を支配する父権的な制度・権威、特に「国父」とも呼ばれることのある、タイの王制・国王と比較することであった。ワリーはタイにおける過去の政治動乱、特に一九七〇年代に学生・知識人と軍事政権が対立した民主化運動を例に挙げる。

> 〔タイにおける〕新左翼の思想は、急進的で、国内のさまざまな制度の転覆を目論むものであるとして非難を受けた。王室のように保護され、称賛される制度は――一九三二年にタイの統治体制が変わるまでは、タイは絶対王政によって統治されていた――軍事独裁政権側にも、学生や知識人の側にも、自らの闘争のために利用されていた。〔56〕

その卒業論文が指導教員の目に留まり、二〇一〇年になって、論文が書籍として出版される。その時期はちょうどタイにおける赤服デモ隊の活動が激化していた時期と重なっており、同年の五月には治安部隊によるデモ隊の強制排除がおこなわれ、多数の死傷者が出る。当時のタイにおいては、赤服デモ隊は反体制、反王政派であるとの言説が流布していた。その影響がワリーの身にも及ぶ。ワリーの著書を出版する予定の出版社は「国家の制度を転覆させようとする一味」であるとの容疑から、政府機関からの厳しい監視を受けるようになる。最終的に書籍は出版されるが、王政や体制に批判的な意見をもつと見なされたワリー自身も、厳しい批判にさらされることになる。

彼の『父性のさまざまな形式』は、称賛も批判も含め、かなりの反応があった。いくつかの保守的な週刊誌は、彼を、国家の破壊を企む者たちの一味であると非難した。彼は海外からの資金を得て、国内の人々の分裂を企んでいると。そして、国家の制度を覆す者たちであるとすでに非難の的になっていた出版社と彼を結びつけた。さらに、彼が国の神聖な法律改正のための署名に参加していたことを暴露し、国家のよき子たちは協力して、彼の疑わしい行為を監視すべきだとした。［80］

ここで言及されている「国の神聖な法律」とは、タイ国刑法一一二条、いわゆる王室不敬罪のことを指している。刑法一一二条の条文には、「国王、王妃、王位継承者あるいは摂政を中傷、侮辱しあるいは敵愾心を示す者は三年から一五年の禁固刑に処する」と記されており、きわめて広い解釈を許す条文となっている。二〇〇六年の軍事クーデターでタクシン元首相が追放され、赤服デモ隊と黄服デモ隊の対立が激化しはじめてから、不敬罪の濫用が増加しているとの認識が広まっていた。作中の時期のタイでは、国王や王室に結びつく批評行為などに対して、不敬罪を用いた攻撃が、さながら「魔女狩り」のごとくおこなわれていた。

　ワリーは自らが論文で提示している歴史的解釈や分析に深い興味をもっていたわけではなかった。それは「単に問題なく卒業するために、自らの感情のしこりを飾り立てて、威厳をもたせようと感じていただけだった」[36]。この「感情のしこり」とは、死してなお続く父の抑圧から生まれたものに過ぎなかった。本来はきわめて個人的な動機から書き上げた卒業論文だったが、意図せずしてワリーを政治の渦の中に巻き込んでいくことになる。そして、父からの抑圧が「壁」に例えられたのと同様に、ワリーに対する政治的弾圧もまた、「壁」として彼の前に現れる。


　紛然とした国内のさまざまな出来事が結びつけられて、現実離れした陰謀論に変わっていった。だがそれがどのように現実離れしていようが、なお多くの集団がそれを事実であると信じようとしていた。比べるとすれば、それは巨大な古代の壁と似たようなものだった。彼らが、国家の最高機関を転覆させようとする存在であると信じた人間に押し寄せる壁だ。[82]

　先の引用部に、「海外からの資金」とある。卒業論文の成功から、ワリーは、日本の京都で開催される学術会議に参加する機会を得ていた。

　京都での学術会議は、二〇一〇年の初頭に開催される。会議の終了後、ワリーは偶然、参加者の一人で、宮城県仙台市出身の青年トモと言葉を交わすことになる。意気投合した二人は、トモのガイドによって、京都のさまざまな場所を観光する。夜まで観光を続けた二人は、公衆浴場で一緒に風呂に入り、その日の観光を終える。その親密さは、単なる友情というよりも、恋愛感情に近いものとなっていく。ワリーは「ぼくはいま、あなたのものなんだ」[60]とすら感じるし、トモとの観光の夢を見て、その快感から夢精するほどである。

帰国したワリーは、書籍の出版を経て、日本にいるトモとメールを交わす。彼らは二〇一一年三月一二日に京都で再会することを約束し、その二日前、三月一〇日にワリーが京都を訪れる。だが翌日、日本の東北地方で大地震と津波が発生する。約束の時間を待つワリーだが、その後、彼の前にトモが姿を現すことはない。ワリーは一人で京都を放浪する。

その間にも「政治」がワリーの身に迫る。ワリーは、その書籍を証拠として、ワリーと出版社社長を刑法一一二条、王室不敬罪に問おうとする動きがある、との連絡を受ける。だが、トモのことに気を取られているワリーには「そのニュースを気にとめる余裕はなく、飛んできて目に入った単なるホコリと変わらなかった」[88]。

滞在の最終日までトモはワリーの前に現れず、ワリーはかつてトモから紹介を受けた鞍馬に向かう。ワリーは、トモが鞍馬山について解説したメールの文章を思い出しながら心でそれに答え、さながら二人で会話を続けているかのように山を登っていく。心の中のトモとの旅を終え、山奥にたどり着いたワリーは、その場所の空気に身を委ね、トモとの別れや、自らの過去とその抑圧、現在の運命のすべてを受け入れようとする。

よし、ぼくたちはここにしばらく、静かに座っていよう。漂う心がぼくたちにまつわりつき、過去とぼくたちを縛りつけるのにまかせよう、新旧の空気がぼくたちの中を流れめぐるのにまかせよう、時が森林をつたって流れるのにまかせよう。歴史が自らを幾重にも折りたたみ、光と影が動き、樹皮、根、そして土の匂いに触れるのにまかせよう。輝く光は消えゆき、曇天が山を覆う。これらすべてがぼくたちを慰撫するのにまかせよう。[100]

これまでのワリーは、権威的な父や、「国父」である国王への批評が招いた政治的弾圧という「壁」から常に抑圧を受けていた。だが、それらの存在を受け入れようとするワリーは、自分自身もまた他者を抑圧する「壁」になる可能性があることに気がつく。山を降りたワリーは、トモとの記憶をたよりに、一人で公衆浴場に入る。湯に身体を沈めたワリーは、東北を襲う津波のイメージを頭に浮かべる。だが、その津波＝水壁のイメージが、ワリー自身の姿と重なる（「ワリー」はタイ語で「水」を意味する）。

彼は、浜辺に立って本を読むトモの姿が見えた。〔中略〕水の壁がトモに迫っていく。ワリーはトモの全身を飲み込んだ。〔102〕

さらに、「壁」に姿を変えた自分と、父の姿も重なっていく。

彼は目を閉じた。温泉に頭を沈める。厚い水の塊がさらに彼の身体を締めつけ、彼は底なしの世界に落ちていき、巨大な水の渦の中に向かっていく。〔中略〕父は壁に変わり、水の渦に転じた。それは彼の欲望の形象だった。彼は父に姿を変えた。愛と憎悪の力を、創造と破壊の力を湛えて。〔103－104〕

父の存在を受け入れることは、その「子」である自らの立場を受け入れることになる。自らの父が、子であるワリーを愛しながらも憎んだような「愛と憎悪の力」や、「創造と破壊の力」がワリーにも継承される。それゆえワリーは、「なにかに触れれば、それは呪われたものに変わる」とも、「もし失いたくなければ、愛してはならない」とも感じる。だが、それでもワリーは「愛してしまった」〔104〕。ワリーのとる方法は、もはや変わらない。

だから、過去の喪失のすべてを彼のもとに引き受けよう。トモも含めて。そして、それだけなのだ。これだけ

の終わりなのだ。〔104〕

それは、ワリーに対して迫る「政治」に対しても同じだ。

「この裏切り者」、彼には声が聞こえた。彼が帰国すれば、人々はそう声を上げるだろう。「この恩知らず」。彼は逆らうことはしないだろう。けれども、彼は子として、すべてを受け入れるだろう。彼は硫黄の温泉の水圧から頭をもたげた。大きく息を吸い込んで、肺に空気を入れる。彼はすべてを受け入れよう。ただ受け入れるだけだ。彼には、もう失うものはないのだから。〔104〕

「国父」に対して批判的な意見をもつ（と見なされた）ワリーが、タイ国内で攻撃や弾圧を受けることは明白だ。それでもなお、彼が「子」であることからは免れえない。その葛藤を乗り越えるすべは、やはり「ただ受け入れるだけ」なのだ。自らの父やトモとの「個人」的な関係を清算したワリーに「失うもの」はなく、「政治」との関係も、自ら受け入れようとする。そして、物語が終わる。「個人」であることと、「政治」のはざまに生きる人々を描く作品という意味で、興味深い。

なお本作の主人公のワリーには、子どもの頃から「宇宙人」になることを夢見ていた、という設定がある。

彼は外の世界に興味があった。彼の家から遠く離れた世界に。その頃から、地球の外に住みたい、宇宙人になりたい、という奇妙な思いを抱くようになったのだ。宇宙船を操縦して地球を訪れ、レーザー光線で悪人を倒す。それが、その頃の彼が本当になりたいと思っているものだった。遥か遠い宇宙から宇宙船を駆って地球を救いに

やってくる、という。［24］

京都で出会ったトモがワリーに鞍馬を紹介したのも、鞍馬寺の本尊とされる「尊天」の正体が宇宙からやってきたエネルギーであり、その「尊天」のうちの一体「護法魔王尊」が、六五〇万年前に金星から地球に訪れた、という信仰と逸話を受けてのことであった。

そして物語の終盤、津波のイメージを心に浮かべるワリーは、同時に「宇宙船」のことも想起する。自らと津波を重ねる一方で、「衛星から撮影した映像」を眺めるような俯瞰的な視線を同時にもち、「地球は現在、円盤による侵略を受けていた」「何機もの円盤が太平洋にいた」［102］というイメージをもつ。

この中編作品に序文を寄せたタイの映画監督アピチャッポン・ウィーラセタクンは、次のように記している。

〔性的なテーマだけでなく〕政治的な失望と弾圧も、〔この作品の〕テーマであるのは明白だ。ワリーが泣かず、涙も流さないでいることは、ぼくには不思議ではない。なぜなら彼はそのすべてを父に捧げてしまったからだ。その魂までも。モン〔ウティット・ヘーマムーンのあだ名〕が何度も宇宙船について述べているのは偶然ではないだろう。彼は、この不可思議な国から逃げ出したいという、強い欲望をもっているのだ。ワリー、モン、そしてぼくたちの多くがみな、ある日、気がつくだろう。ぼくたちは宇宙人〔あるいは特殊な生き物〕なのだ、ということに。ぼくたちは斧の柄の形をした、あるいは象の頭の形をした星に住んでいる。その星は体から切り離されている。地球と呼ばれるものから切り離されて、宇宙にふわふわ漂う物体に変わってしまった。［10－12］

「斧の柄」および「象の頭」はどちらも、地図上に記されたタイの国土の形を説明するときに使用される比喩である。

上の序文はまず何より、政治動乱と人々の弾圧が続くタイの現状を、現代の国際社会の現状とかけ離れたものとして揶揄した文章だと読めるだろう。それゆえにタイは地球上から離れて、宇宙に「ふわふわ」漂うのだ。

だが「ふわふわ」漂うのはタイという国だけではなく、宇宙人になりたいと願うワリーや、作者のウティットも同様なのかもしれない。「政治」の渦中にありながら、同時にそこから切り離された「個人」として「ふわふわ」と漂いながらその状況を俯瞰する。この二律背反的な特徴は、現代のタイ文学を象徴するものといえるだろう。

三　独立系書店と地方の作家

本節では、現代タイにおける書店の役割、特に、大手出版社等が経営する大規模なチェーンストアではなく、中小規模の独立系書店について記す。現代タイの作家たちが「政治」と「個人」のはざまで活動するための「場所」としても、知的交流の拠点としても、書店は重要な役割をもっている。

また、タイにおいては、政治、経済、文化の中心が、首都バンコクの一極に集中する。それは、文学においても同様だ。多くの作家たちの活動拠点はバンコクであるし、書店や出版社の多くもバンコクにある。だが、それはもちろん、バンコク以外の「地方」に文学的営為が存在しない、ということを意味しない。「中央」バンコクから離れた地域にも作家たちがいて、独立系書店に集っている。

1　バンコクの独立系書店

第一節にも記した通り、近現代のタイ文学の黎明期は、一九三二年の立憲革命の前後だとされている。当時のシーブーラパーや、それ以後の作家たちによる作品の発表や、作家集団の結成、あるいは文芸誌を発行したような活動の傾向は、現代の作家たちにも受け継がれている。だがこういった時代を語る際に、「場」としての書店が注目されることは皆無といっていい。

ある研究者は、「タイ最初の書店」が一九一三年に開店し、それをきっかけに文学状況に変化が起きたと記しているが、それは不正確なデータであることが判明している。ただ、書籍を販売するための店舗がその前後の時代から存在していたことは、事実であるようだ。いずれにせよ、タイの文学史において書店の存在が意義を増すのは、そこからおよそ五〇年以上経った、一九七〇年代前後のことだ。

筆頭として挙げられるのは、一九六七年に開業した書店〈スックシット・サヤーム〉(ศึกษิตสยาม)だ。「教養あるシャム(タイ)」という店名をもつこの書店は、当時のタイを代表する在野の知識人スラック・シワラック(สุลักษณ์ ศิวรักษ์, 1933–)によって開かれた。一九六三年に創刊した評論誌《社会科学評論》の編集長を務めていたスラックは、当時の政治的混乱の中、右派と左派、保守と急進の垣根を飛び越え、タイの言論空間において大きな存在感を発揮していた。

〈スックシット・サヤーム〉は、タイ最古の国立大学チュラーロンコーン大学に隣接する土地に位置していた。書店が開店した時代は、タイの軍部による開発独裁、ベトナム戦争における米国の反共政策の拠点としての利用と、それをきっかけとする「アメリカ化」、そして七〇年代の民主化運動へと至る、時代のうねりの中にあった。強い中心人物、環境、時代背景の整ったこの書店では「スックシット・セミナー」が定期的に開催され、学生、知識人、作家たちの集う拠点として重要な役割をもっていた。

その後、一九八〇年代から二〇〇〇年代にかけて、状況が変わる。前述のように、タイの経済成長と一九九七年のアジア通貨危機は、文学界や出版界にも大きな影響を与えた。書店経営は「ビジネス」としての側面を強くもつようになり、読者が「消費者」として認識されるようになった。小中規模の書店や出版社は、通貨危機のあおりを受けて、倒産や規模の縮小を余儀なくされた。

それとは対照的に、大手出版社が経営する書店チェーンがその規模を拡大していった。代表的なものとしては〈シーエット・ブックセンター〉（ซีเอ็ดบุ๊คเซ็นเตอร์）や〈ナーイ・イン〉（นายอินทร์）が挙げられる。〈シーエット〉は教育系の出版社である〈シー・エデュケーション〉（ซีเอ็ดยูเคชั่น）が経営しており、〈ナーイ・イン〉は大手出版社の〈アマリン〉（อมรินทร์）が経営している。これらの書店は、タイ全土に拡大していくデパートやショッピングモールのテナントとして支店の数を増やしていった。デパートのテナントという限られたスペースの中に開いた書店の店頭に、自社の発行物ばかりを並べる。このことで、文芸書や小規模出版社の書籍は、書店の陰、倉庫の隅に追いやられることになった（各書店のウェブサイトによると、二〇一七年初頭の時点で、〈シーエット〉のタイ全土の支店数はおよそ四〇〇、〈ナーイ・イン〉の支店数はおよそ二〇〇である。さらに、タイ国文化省現代芸術文化局の発行していた文芸誌《出現》によると、二〇一四年の時点でタイ国内の書店数はおよそ三五〇〇店あり、そのうちの三〇〇〇店がチェーンストアであるとのことだ）。

このチェーンストアが拡大する時期は、第一節で述べた、二〇〇〇年代初頭の作家たち、すなわち『草地』の作家たちや〈地下本〉の作家たちが活動を開始する時期と重なっている。彼らの出版する書籍の販売経路は二つあった。一つは、年に数度、タイの各地で開催されるブックフェアでのブース出展だ。現在、タイで開催される主要なブックフェアは二つある。毎年三月から四月に開催されるタイ・ナショナル・ブックフェア（งานสัปดาห์หนังสือแห่งชาติ）と、毎年一〇月に開催されるブック・エキスポ・タイランド（งานมหกรรมหนังสือระดับชาติ）だ。どちらもバンコクで開催され、主催はタイ国出版社・書籍販売者協会（สมาคมผู้จัดพิมพ์และผู้จำหน่ายหนังสือแห่งประเทศไทย）である。およそ一週間強のイベントだが、近年の来場者数は一〇〇万人をゆうに越える、巨大イベントだ。

そしてもう一つの販売経路が「独立系書店 ร้านหนังสืออิสระ」とも呼ばれる小規模書店だ。この時期に、チェーンストア傘下ではないこれらの書店が数を増していった。独立系書店では、店主の嗜好がそのまま店のアイデンティティになる。そこに、新世代の作家たちの著作が並ぶ。その多様性が、画一化されたチェーンストアの品揃えに飽きを覚えた読者の欲求に応えることになった。

チェーンストアに対する単なるもう一つの選択肢、という位置づけだった独立系書店だが、二一世紀の政治動乱と社会変動の中で、人々が集まる知的交流の場としての意味をもつようになる。二〇一三年からは「独立系書店週間」（งานสัปดาห์ร้านหนังสืออิสระแห่งชาติ）というイベントが全国の独立系書店で開催されるようになり、その存在感が増している。

だが、すべての書店がかつての〈スックシット・サヤーム〉のような役割を担っているわけではない。独立系書店がブームとなった現状では、新しい書店が雨後の筍のように現れている。そういった書店には、その品揃えの面でも、活動の面でも特に他店と差異化が図られているわけでもなく、ただの「お洒落なブックカフェ」となっているところも少なくはない。特に書店の数が多いバンコクとその近郊では、その傾向が顕著だ。以下に、書店として、また知的交流のための場として特徴的な、バンコクの独立系書店をいくつか挙げる。

写真11　〈ブックモービー〉でのセミナーのようす

（1）〈ブックモービー・リーダーズ・カフェ〉（Bookmoby Readers' Cafe, บุ๊คโมบี้ รีดเดอร์ส คาเฟ่）

先に述べた作家プラープダー・ユンが共同経営者の一人として、二〇一三年にオープンした書店。バンコク中心地にある現代美術館バンコク・アート&カルチャー・センター（BACC, หอศิลปวัฒนธรรมแห่งกรุงเทพมหานคร）に位置している。もともとは二〇一二年に同名のウェブサイトが開設され、読書好きの人々のコミュニティとしてそのページが利用されていた。販売されている書籍の多くはタイおよび翻訳文学書と、哲学・歴史などの人文書が主となっている。

写真12　〈コンディット〉外観

入居先である現代美術館ＢＡＣＣと共同でイベントを開催することも多い。たとえば、年に一回開催されるバンコク・クリエイティヴ・ライティング・ワークショップでは、現代タイを代表する多くの作家たちを講師に招き、選考を通過した若手作家たちに対して、創作や批評のワークショップが開かれている。二〇一五年からはＢＡＣＣの建物全体を利用して、バンコク・ブックフェスティバル（BBF）が開催されるようになった。他の多くのブックフェアが「書籍の販売」に重きを置いているのに対して、ＢＢＦではトークイベント、ワークショップ、書籍の展示がその中心になっている。

（２）〈コンディット〉（Candide Books, ร้านหนังสือก็องดิด）

出版社〈行間〉（ระหว่างบรรทัด）の編集長でもあるドゥアンルタイ・エーサナーチャータン（ดวงฤทัย เอสะนาชาตัง）が経営する書店。二〇〇九年に作家の一〇デシベル（10 เดซิเบล）およびキッティポン・サッカーノン（กิตติพล สรัคคานนท์）がバンコクの旧市街に開いた店舗の経営を、ドゥアンルタイが引き継いだ。二〇一一年のバンコクおよび近郊の大洪水に際して一度閉店し、その後二〇一四年に移転した。移転先はバンコク、チャオプラヤー川右岸の複合スペース、ジャムファクトリー内。店舗スペースとして河川舟運用の物品倉庫を再利用しており、非常に広い。スペース内にカフェ、レストラン、ギャラリー、建築事務所などが併設されており、客層が多岐にわたっている。そのため、書店の品揃えも文学から写真集、料理、デザイン、建築、ライフスタイルなど広範にわたる。

いっけん若者の好む、今風のブックカフェといった趣だが、以前は政治関連のセミナーなども頻繁に開催されていた。たとえば作家集団セーン・サムヌック〔意識の光〕（แสงสำนึก）は、二〇一四年一月一二日に「文学における市民」と題したセミナーを同書店で開催した。セーン・サムヌックは、二〇〇六年以降、タイの刑法一一二条、王室不敬罪の濫用が指摘された時期に、同法の改正を求めた作家たちによって結成された作家集団だ。同セミナーではクーデター直前期の政治動乱の中で、文学がどのような役割をもちうるか、ということが討論されていた。だが二〇一四年の軍事クーデター後は、言論統制の影響もあり、政治的なテーマのイベントは開催されていない。

（3）〈ザ・ライターズ・シークレット〉（The Writer's Secret, เดอะไรท์เตอร์ซีเคร็ท）

出版社〈ライター〉（WRITER, ไรท์เตอร์）が経営する書店。同出版社が発行する文芸誌《ライター》は一九九二年に創刊した。その後一九九七年に休刊し、同年に復刊するも、翌一九九八年に休刊。その後作家のビンラー・サンカーラーキーリー（บินหลา สันกาลาคีรี, 1965–）とウォーラポット・パンポン（วรพจน์ พันธุ์พงศ์）が編集を引き継ぎ、二〇一一年に復刊した。この第三期《ライター》は、当時のタイで定期刊行されていた、事実上唯一の文芸誌であった。作品の掲載以外に、文学・出版業界のニュースや、作家のインタビューを大量に掲載していたが、資金の問題から二〇一五年に休刊した。

写真13　〈ザ・ライターズ・シークレット〉でのセミナーのようす（写真提供：ザ・ライターズ・シークレット）

　この書店は《ライター》第三期の休刊前に、バンコクの旧市街のタウンハウスの一棟にオープンした。雑誌の休刊後も、書籍の印刷をおこなう出版社〈ライター〉の編集部を二階に構え、一階フロアをカフェ兼書店スペースとして営業している。品揃えはほぼすべて純文学だ。毎週のようにトークイベントやセミナーが開催されており、二〇人も入れば一杯になる店内から人があふれる。文学関係のイベントが多いが、その中で政治的な話題が取り上げられることが

写真14 〈ブックス・アンド・ビロンギングス〉店内

ままある。軍事政権による言論統制下においても同様のテーマについて屈託ない議論が交わされる場所は、この書店以外にほとんど存在しない。なお、二〇一七年一〇月現在、経営が他社に譲渡されたとの情報がある。

（4）〈ブックス・アンド・ビロンギングス〉（Books & Belongings, ร้านหนังสือและสิ่งของ）

前述の作家キッティポン・サッカーノンがオーナーを務める書店。開業は二〇一五年。キッティポンは、自身で作品を執筆する他にも、先に挙げた書店コンディットの経営や、出版社〈1〉（ヌンと発音する、สำนักพิมพ์หนึ่ง）、出版社〈一〇〇一ナイツエディションズ〉（1001 nights editions, สำนักพิมพ์ ๑๐๐๑ ราตรี）の経営にも携わっており、小規模出版社、独立系書店の流れの中ではその動向が注目される作家の一人だ（とはいえ、すべてにおいて経営的に安定しているわけではない）。

この書店の特異な点は、タイ語の書籍をほとんど置いていないところだ。販売されている書籍はほぼすべて、欧米の近現代思想書や研究書、海外文学の原著ないしは英語版だ。基本的にすべてオーナーであるキッティポンが選書しており、各々の書籍は一冊しか入荷しない。タイで出版されるタイ語の書籍は、高くとも三〇〇バーツ（約一〇〇〇円）程度だが、ここで販売されている書籍は、安くとも五〇〇バーツ（約一七五〇円）を越えている。ただ、翻訳文化が十分に成熟していないタイで、タイ語で構成される世界の外から知識や教養を得ようとすれば、外国語の書籍を読む以外に方法はない。そのような知識を求める読者層は確実に存在しており、この書店にもやってくる。

書店で開催されるイベントも、客層と品揃えを反映しており、たとえばウィリアム・フォークナーの長編『響きと怒り』を読む読書会や、より特殊なものでは、ジル・ドゥルーズとフェリックス・ガタリの著書を元に描かれた絵画作品の展示などがおこなわれている。

ここに示した書店は、数多ある書店のうちのほんの一部にすぎない。だがこれらの書店の個性は、他の書店に比べて突出している。書店が増えればそのぶん競争も激しくなるが、ここに記した書店はその意味での棲み分けにも成功している。

それはある意味、現代タイの出版界・文学界におけるコンテンツや知的好奇心の多様性を示す証左であるともいえる。かつての時代のように、強力な磁場をもつたった一つのプラットフォームにすべてが集中するのではなく、たくさんの小さな「場」が共存している。作家だろうと読者であろうと、人々は自らの興味関心に合わせてそれらの場を行き来して、新しい知を生み出そうとしている。

ただ、現実的な部分を見れば、ほとんどすべての書店は書籍の売り上げではなく、コーヒー等の飲み物や軽食の販売と、「フリーWi-Fi」のサービスを提供することで経営を成り立たせている。書店で開催されるイベントは、基本的にすべて無料だ。そうしなければ、来場者は見込めない。新しくできる書店がある一方で、消えていく書店もある。現在では、景気の状況から前述のシーエットやナーイ・インなどのチェーンストアですらその店舗数を減らす傾向にある。そこに、軍事クーデターによる言論統制の影響もある。先行きが明るいとはいえない。それでも、書店に集う人々の姿からは、現代タイ文学界の活気のようなものが窺える。

2　地方の作家と書店

ここでは、タイの首都バンコクではない「地方」の作家と書店について記す。「タイ文学」「タイの作家」と呼ばれる集合が概念的に示すのは、タイ国内で出版され、タイ文字・タイ語を使って書かれたすべての作品であり、それらの作品群を生み出す作家たちだ。しかし、読者が動向を注目する「タイ文学」であっても、それらを執筆する「タイの作家」であっても、そこに浮かぶイメージは、バンコクとその周辺地域だけに結びついている。だが「地方」における文学的営為は、その「中央」との関係において非常に興味深い発展を見せている。

ひとくちに「地方」といっても、現在のタイの行政区分では、全部で七六の県（および首都バンコク）が、六つの地方（北部、東北部、西部、中部、東部、南部）に分けられており、それらについて網羅的に記述することは不可能である。ここでは、タイ東北部と南部、特に深南部と呼ばれる地域の作家および独立系書店を取り上げる。

（1）歴史的・文化的背景

タイの東北部と（深）南部は、地政学的および歴史的に類似した状況をたどっている部分がある。どちらの地域も隣国との国境地域にあり、タイにおける国民統合の過程で、半ば強制的に「タイ化」させられてきた地域だからだ。

タイの東北部は、主に現在のタイ・ラオス国境周辺にあたる。タイの人口の大部分を構成するタイ族と、タイ東北部の人口の多くを構成するラーオ族は、どちらも「タイ系」民族だ。タイ族の話すタイ語と、ラーオ族の話すラーオ語は、同じ語族に分類される近似した言語だ。一九世紀初頭、現在のラオスの一部にあたるヴィエンチャン王国の王によるシャム（タイの旧国名）への反乱が起きるが、鎮圧され、多数のラーオ人が現在のタイへ強制移住させられた。同世紀末には、西欧列強のインドシナ半島進出の中で、メコン川を境としてタイ領とフランス領ラオスを分ける国境線が引かれた。結果、この地域に住んでいた人々は強制的に「タイ」と「ラオス」に分断された。彼らの話す「ラーオ語」もタイの「東北方言」に変化することになった。「タイ人」として統合されたラーオの人々だが、今度は「中央」バンコクに対する「周縁」として冷遇を受けた。開発と資本、中央の文化から取り残された東北部は、その厳しい自然条件と合わせて、次第にタイにおける「田舎」、貧困の象徴として認識される。二一世紀に入ると、タクシン元首相の支持基盤＝赤服と見なされた東北部の人々は、タイを支配する中央の論理の下で「馬鹿、貧乏、苦痛」の存在、「タイ」を破壊する存在としての烙印を押されることとなる。

かたやタイ深南部は、現在のタイ・マレーシア国境にあたる。一四世紀頃に成立したとされるマレー系のイスラーム国家であるパタニ王国は、海洋交易の中継地点となり、貿易港として繁栄した。だが二〇世紀初頭にタイとイギリスとのあいだで締結された条約により、同地域に国境線が引かれ、タイとイギリス領マラヤとに分割される。同地域においては、元来マレー系ムスリムが多数を占めており、言語的にもタイ語ではなく、マレー語の方言が話されていた。だがタイ政府は、自国の領土として統合した同地域に対して、「タイ」への同化を求めてさまざまな政策を実施する。その結果、タイ深南部国境三県（パッターニー、ヤラー、ナラーティワート）およびソンクラー県を中心として、武力を伴った反政府運動・分離独立運動が発生した。一九八〇年代には状況が改善したかと見られたが、二〇〇一年にタクシン元首相が首相に就任すると、政府の強権的な弾圧を引き金に、再び武力衝突やテロが頻発するようになった。東北部の人々に対する「中央」の視線が、ある種の同族嫌悪に近いものであるとすれば、人口の七割から八割をムスリムが占めるとされる深南部に対するそれは、異質な他者への恐れともいえるだろう。

（2）地方の作家たち

東北と（深）南部における文学も、類似した発達の道をたどっている。一九六〇年代から七〇年代においては、「生きるための文学」の影響を強く受けて、全国の各地方に多くの文学グループが結成され、政治的・社会的なテーマを描くリアリスティックな作品が書かれていた。「生きるための文学」作品に散見される「抑圧者／被抑圧者」の対立構造においては、特にタイ東北部の人々が、「被抑圧者」の代表的な姿として描かれた。そのため、東北部の作家たちが書く作品にも、そのようなモチーフが反映されやすい傾向にあった。

一九八〇年代以降、「生きるための文学」の影響力が弱まると、地方においては文学における「地域主義」の潮流が見られるようになる。東北の作家たちも、南部の作家たちも、自らの文化的・民俗学的なルーツを創作の基盤とするようになる。それはまた、地方は「整っておらず、発展しておらず、〔中央に〕間に合っていない」［พิณฑูร 2005：260］という言説に対抗すべく採用された方法でもあった。また、この地域主義の流れの中で、地方の作家性を打ち出そうとする作家グループが結成されるようになる。

たとえば東北部では「ムーン川文学グループ」（กลุ่มวรรณกรรมน้ำมูล）、（深）南部では「ナーコーン（都市の人々）」（กลุ่มนาคร）といったグループが代表的だ。これらのグループは「政治ではなく、相互の支援と、共通の興味関心」［Plat 2013：144］をもとに結成されており、特定の目的のために活動する集団というよりも、作家ネットワークとしての意味合いが強かったといえるだろう。実際、これらの作家たちは、各地方のさまざまな県に点在しており、確固たる拠点をもっていたわけではなかった。その意味では、同じ時期にバンコクで生まれた『草地』などの作家たちとも、近い傾向をもっていたともいえる。バンコクの文学が「政治」→「個人」という発展を経たのであれば、地方の文学は「政治」→「地域主義／個人」という発展を遂げたともいえるのかもしれない。

二一世紀に入り、タイ国内での政治的混乱が増すと、東北部と（深）南部の作家たちもその状況を反映した作品を生み出すようになる。以下に、二人の現代作家の作品を取り上げる。だが、バンコクを中心とする政治動乱における種の「当事者」でもある東北部の作家と、そこから距離をとって透徹した視線を投げかける深南部の作家のあいだには、幾許かの隔たりがある。

東北部シーサケート県出身の作家プー・クラダート（ภู กระดาษ, 1977–）が二〇一四年に発表した長編小説『追放』（เนรเทศ）は、タイの中央と東北の「距離」そのものを題材にしながら、その距離が生まれる要因となった分断の歴史を描いた作品だ。

バンコクの近郊チョンブリー県で出稼ぎ労働に従事する主人公サーイチョンが、そこからおよそ六〇〇キロ離れた、東北タイのシーサケート県に里帰りする。出稼ぎ労働の身で金銭的な余裕もなく、小さな娘と実母、さらに死んだ妻の亡霊を伴った帰郷のためには、長距離バスに乗る以外の方法がない。物語のほとんどは、長距離バスの到着を待つ時間に費やされる。全二四〇頁の小説だが、最初のバスに乗るために一五〇頁、次のバスのためにもう八〇頁、三本目のバスのためにもう一〇頁。丸一日経っても結局故郷には帰り着けない。

サーイチョンたちがバス待ちをする炎天下のバス停や、人でごった返すバンコクのバスターミナルでのバス待ちの時間に、タイの近現代史が物語られる。主人公たちの故郷である東北タイがいかにして「タイ」に統合され、「タイ」の中で分断されて、「距離」をもつに至ったのか、そしてなぜ彼らは移動に移動を重ね、「追放」され続けなければいけないのか、主人公の家族史と交差する形で、淡々と、叙事的に記述される。東北部の方言と標準タイ語を自在に切り替える語り、歴史的叙述において仏暦を使用せずにすべて西暦で記述することで、タイの公的な歴史観への従属を拒絶する態度などと相まって、批評性の高い作品になっている。政治の混沌において、東北の人々がただ「悪人」として扱われる状況と、そういった言説を構築してきた歴史的事実に対して生まれた疑義をもとに執筆された作品と考えることもできる。

写真15　『追放』（2014年）

一方、タイ深南部ナラーティワート県出身の詩人サカーリーヤー・アマタヤー（ซะการีย์ยา อมตยา, 1975–）の作品には、より俯瞰的な視点をもち、現代に生きる作家としての役割を自らに問うようなものが目立つ。

もちろん、深南部出身のムスリムであるこの詩人の書く詩に

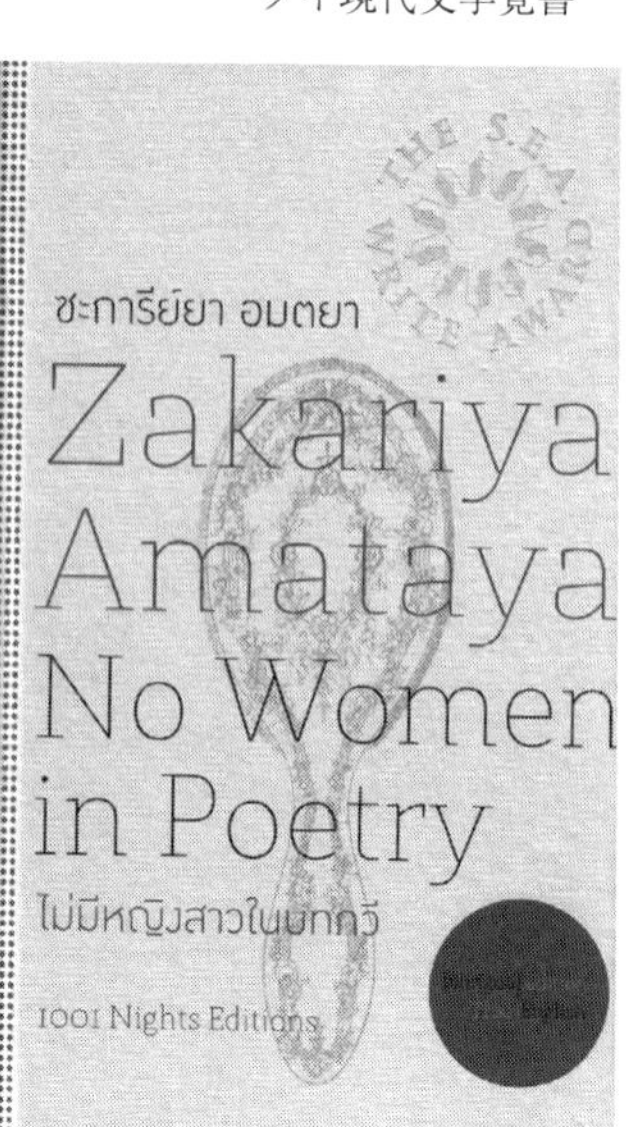

写真16　サカーリーヤー・アマタヤー『詩篇の中に女はいない』(2010? 年タイ英バイリンガル版)

は、紛争の続く自らの故郷に対する愛着や悲しみを描くものもある。「ぼくの遊び場に地雷はあるのかな」(สนามเด็กเล่นของหนูจะมีทุ่นระเบิดไหมหนอ) と題された詩篇の一説を引用する。

ああ　お母さん　聖典クルアーンで読んだんだ
かみさまは教えてくれた　神は耐えるもののそばにおわす
じゃあぼくたちは愛するこの土地を　踏みにじる人々を受け入れなければいけないの
母なる大地を冒す人々に耐えなければいけないの［83］

だがその一方で、現代の「政治」を受けて詠まれた詩には、現代社会に生きる一人の作家が自らの信じる普遍的価値を提示しようとする意志が見え隠れする。二〇一四年の軍事クーデターを受けて詠まれた詩篇「暗闇の中の光」(แสงสว่างในความมืดมิด) では、表現・言論の自由が制限されたタイ社会の状況を嘆く言葉が並ぶ。

最後の炬火は　あなたたちがわたしたちから盗んでいった
暗闇の道を照らす灯し火は　まだ瞳の中にある
誰にもわからない　あとどれだけ　どれだけの長さ
わたしたちはこの道を歩かなければいけないのか

引用からもわかる通り、彼の詩には単純明快な言葉が並び、外連味がないとも、変哲がない、ともいえるものが多い。それはひとえに、作家・詩人として「言葉」を後世に継承しようとする決意の表れなのかもしれない。書物、読書行為、知識・思考の伝承について詠まれた「禁」(ต้องห้าม)の一節には、こうある。

錬金術　一語一語の語合成が
架け橋に　一歩一歩の道に変わり
過去と未来に向けて伸びていく［8］

ここにはもはや、「地方」の作家である、ムスリムであるといった、「地域主義」的な価値の提示は見られない。二人の作家がバンコクを中心とする「中央」に対してもつ視線も、それをもとにした作品の描き方も、それぞれ異なる。だが一方で、「中央」の作家たち同様、彼ら地方の作家たちも「政治」と「個人」のはざまで自らの場所を模索している。その意味では、彼らもやはり、現代タイの文学者たちと呼ぶことができるのだろう。

（3）地方の独立系書店

ここでは、先述した地方の作家たちや、その読者たちにとっての知的交流の場となる、地方の独立系書店について述べる。バンコクと同じく、地方の書店においても、さまざまなイベントやセミナーが実施され、読者が集まる。店主の趣味嗜好が書店の特性を決定づけるのも、バンコクの場合と同様だ。

ただ、根本的に異なるのは、その「場」の数だ。地方では、バンコクのように一つの都市、街に多くの書店が共存するということがほとんどない。それは都市の規模などを考えれば当然ともいえよう。独立系書店という一つの「場」に人や知が集中し、バンコクの場合ほどの流動性や多様性は担保されにくい。だがその中にも、知のプラットフォームとしての書店の役割を自覚的に担う書店が存在している。ここでもタイ東北部と深南部の書店についてそれぞれ短く記す。ただし、こちらではその順番を入れ替えて、まず深南部の書店について述べる。

写真 17　〈ブク〉外観

書店〈ブク〉(BUKU, บูคู) は、タイ深南部パッターニー県の中心部に建つ書店だ。店名はマレー語で「本」を意味している。書店は二〇一一年にオープンし、二〇一四年に一度移転した。書店を経営するのは、ソンクラーナカリン大学パッターニー校で哲学を教えるアンティチャー・セーンチャイ (อันธิฌา แสงชัย) と、ダーラーニー・トーンシリ (ดาราณี ทองศิริ) の二人の女性だ。興味深いのは、この二人が地元パッターニーでも、南部の出身でもないということだ。アンティチャーは北部チェンマイ県の出身で、ダーラーニーはバンコクの書店に長く勤めていた。アンティチャーが同大学で教鞭をとるにあたり、二人で同地に書店を開いた。

この二人はどちらも「外の人間」だし、ムスリムではないが、来店する客の七割から八割は地元のムスリムである。その環境の中で店頭に並ぶ書籍は文学、政治、宗教、そして深南部の問題に関するものが多い。また、販売する書籍に関するイベントとは別に、彼女たちは〈Buku's Gender, Sexuality and Human Rights Classroom〉(ห้องเรียนเพศวิถีและสิทธิมนุษยชน ร้านหนังสือบูคู) と名乗る小規模なNPOを設立し、"BUKU Classroom" と題されたセミナーを度々開催している。ここで取り扱われるテーマはその名称にもあるように、ジェンダー、セクシュアリティ、LGBTIの問題だが、それらが、タイ深南部のムスリム社会の中でどう共存するかという点に主眼が置かれている。

この書店が地域においてもつ役割が、単に文学的な面に留まらないということは、上記からも明白だ。確かに一つの「場」に過ぎないが、そこに広範にわたる多様性を包摂しようとしている点で、興味深いといえよう。この意味では、単なる「地域性」よりも普遍的価値に重きを置く、サカーリーヤーのような深南部の作家との共通性を見出すこともできる。

続いて、そのブクとは異なる特徴をもつ、タイ東北部の書店について述べる。独立系書店〈フィラデルフィア〉(Philadelphia, ฟิลาเดลเฟีย)は、タイ国最東端でラオス・カンボジアと国境を接するウボンラーチャターニー県にある。県の中心部からは少し離れた場所に位置しているが、人の出入りは常にある。〈フィラデルフィア〉の店名は、店主の作家ウィッタヤーコーン・ソーワット(วิทยากร โสวัตร, 1979–)がかつて執筆した短編に由来する。三人の登場人物が「フィラデルフィア」という名前のコーヒー店に集う、という作品だ。同県出身の彼が書店をオープンしたのが二〇〇九年のことで、その後二〇一三年に現在の場所に移転した。

写真18　〈フィラデルフィア〉外観

この書店はブクとは異なり、地元の作家、すなわちタイ東北部の作家たちが集う拠点としての機能が強い。象徴的なのは、タイ東北部の作家たちが中心となって発行する文芸誌《短編のひさし》(ชายคาเรื่องสั้น)と、その発行主である作家集団「作家団」(คณะเขียน)の活動拠点としての役割だろう。この《短編のひさし》は、タイ東北部ナコンラーチャシーマー県出身の作家マーノート・プロムシン(มาโนช พรหมสิงห์, 1956–)が主宰している。マーノートは、二〇一〇年にバンコクで赤服デモ隊が強制排除されたことに対し、無反応を貫く東北部の作家たちに憤りを覚え、同誌の活動をはじめた。前述のプー・クラダートのように、「政治」におけるある種の「当事者」としての意識がそこには見える。実際、この書店で開催されるイベントやセミナーのテーマは、文学にしろ、歴史にしろ、多くが「タイ東北部」に関わるものだ。そこに「東北」の作家たちやその読者が集まり、議論を交わす。その意義が否定されるものではないが、それは単に、かつての作家たちのように「地域性」を強調するだけのものに留まるようにも見える。その連帯は活動における強靭さをもちうるが、安直に「地域」を頼ることは、その活動の発展を阻害する脆弱さにもなりうる。

だが少なくとも、《短編のひさし》に関わる作家たちは、その危険性を理解しつつ、自らの文学を模索しているように見える。二〇一〇年一〇月に発行が始まった《短編のひさし》は、二〇一七年九月までに全部で八冊が出版されている。そのすべての号の冒頭に掲げられた「宣言」には、以下のように記されている。

> 私たちの行動の原動力になっているもの、それは単に私たちがしがない庶民であるということだけではなく、私たちが、流行／資本／高徳と威光を具えた支援者を欠いた遠隔の地の民でもあるということだ。〔中略〕だが私たちが〔東北タイ以外の親しい作家たちと〕認識を共有しているのは、地方や国の領域は、文学を分類し、善〔と悪〕／美〔と醜〕／真実〔と虚偽〕を区分する制約でも、境界でもないということだ。それこそが私たち作家の共有する、自由で正当な思考と実践なのだ。［คณะเขียน：2016］

自らが「遠隔の地」の人間であるという認識をもちつつも、その「距離」は彼らの文学を制限するものでも、定義するものでもない。その自覚をもちながら、自らの「場」を構築し、それを有効に活用しようとする。現代における「地方」の作家の態度表明としても、場としての独立系書店の存在意義としても、注目に値する事例だろう。

おわりに――タイ文学のこれから

1　若手作家の諦念

二〇一六年七月一七日、バンコクの現代美術館ＢＡＣＣ。そこで開催されていたバンコク・ブックフェスティバルにおいて、「タイ現代文学、若手作家の声色」と題されたセミナーが実施されていた。登壇者は四人。作家チラーポーン・ウィワー（จิราภรณ์ วิหวา, 1982–）、チラット・プラスートサップ（จิรัฏฐ์ ประเสริฐทรัพย์, 1985–）、カナートーン・カーオサニット（ฆนาดร ขาวสนิท, 1988–）、そして司会の作家・コメディアンのカタンユー・サワーンシー（กตัญญู สว่างศรี, 1986–）だ。みな一九八〇年代生まれの作家で、これまで紹介してきた作家たちよりも一世代若い。

写真 19　「タイ現代文学、若手作家の声色」のようす

セミナーでは、カタンユーが投げかける質問を出発点に、彼らが作家として活動を始めるに至った経緯や動機、創作と批評の関係、文学賞の意義などが語られた。それぞれの作家の個人的なエピソードを聞くという点では興味深かったが、それ以外の回答は、当たり障りのないものが多い印象だった。だが彼らの回答には、この世代の若手作家たちが共有する心情のようなものが見え隠れしていた。

推察に過ぎないが、彼ら新世代の作家たちは、自らの人生やそれを取り巻く社会に対して、無関心で無気力、ある種の「諦念」ともいえる境地に達してしまっているかのように見えた。それはもしかすると、多感な年齢の、作家としての歩を踏み出すか踏み出さないかの時期に、激しい政治の季節を経験してしまった反動なのかもしれない。だがその一方で、内面的には強い野心をもっているようにも見えた。それは単なる個人主義というよりも、自らの文学という仕事に対する自尊心に近い。「個人」と「政治」のはざま、とはまた異なる形の二項対立的状態が、この世代の作家たちの特色とも呼べるのかもしれない。たとえば「猫」の女性作家と、「フラミンゴ」の青年実業家が、とある「秘密」をめぐって契約を交わす、チラーポーンの長編小説『フラミンゴ協定』(สนธิสัญญาฟลามิงโก)や、大学院の修了制作で「音の博物館」を作ろうとする若者たちの青春群像である、チラットの『音の博物館』(พิพิธภัณฑ์เสียง)などにも、そういった特色が反映されている。

これらの作品の登場人物たちは、一見、自身に降りかかるさまざまな問題を解決しようと積極的に立ち向かっていく。そこには自分自身の「プライド」が存在するからだ。だが、ひとたびその問題が予想外・対応不可能な展開を見せると、途端にその積極性は失われ、彼らはその問題と向き合うことをやめる。二項対立が昇華されずに、「諦念」がその「野心」に打ち勝ってしまう。そこに残されるのは、無力感や、単なる現状肯定の感情だ。

これは、上の世代の作家たちがおこなっている文学的模索と比較すると、いささか勢いがないように見える。単なる世代論に収斂させたくはないが、軍事独裁政権下の閉塞状況においては、避けがたいことなのかもしれない。

2　旅に出るタイ文学

とはいえ、「個人」と「政治」のはざまで翻弄されながら、自らの役割や、文学的営為の意義を模索していた作家たちの活動を「諦念」の言葉で終わらせてしまうのは、いささか寂しくも感じる。次の時代を見据えた作家の活動について触れてから、擱筆しようと思う。

第一節では、その当時「新世代の象徴」と呼ばれたプラープダー・ユンの作品を起点に、タイ文学の歴史を概観した。最後に、もはや「新世代」とは呼ばれることもなくなった彼の、近年の作品を見てみよう。

『違うベッドで目覚める』（ตื่นมาเตียงอื่น）は、二〇一五年に発表された旅行記だ（なおこの作品は、二〇一七年九月の時点で、『新しい目の旅立ち』の邦題のもと翻訳連載されている）。日本財団アジア・フェローシップの助成を受けたプラープダーは、二〇〇九～二〇一〇年に「汎神論」と「芸術と自然」の調査のためにフィリピンと日本へ渡航した。この旅行記は、そのうちのフィリピン、特に「黒魔術の島」と呼ばれるシキホール島での滞在について書かれた書物だ。

二〇〇〇年に最初の短編集『直角の都市』（เมืองมุมฉาก）を発表したプラープダーは、二〇一六年の時点で四〇を越える著作がある（長編作品、短編集、中編単行本、エッセイ集、映画脚本、翻訳書等と合わせた数）。だが作品の発表年代を見てみると、その大半は二〇〇七年～二〇〇八年までのあいだに発表されている。『違うベッド～』の序文には、こう記されている。

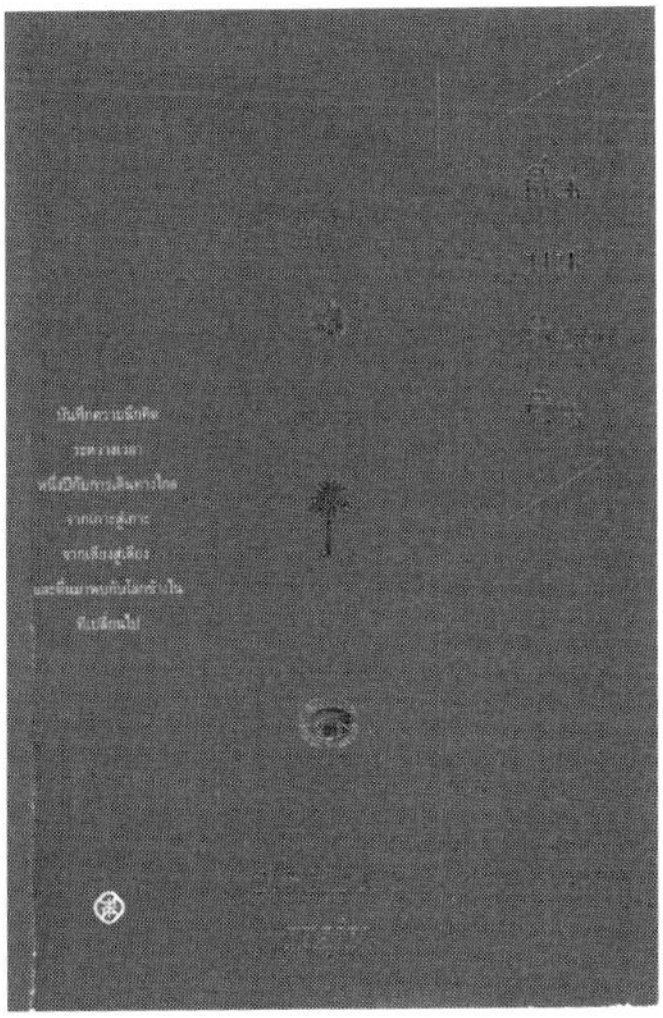

> 二〇〇七年。仕事として本を書き始めておよそ八年、自分の頭の中にあるものに対するぼくの飽きは、ほとんど限界に来ていた。ぼくが八年のあいだずっと使っていた思考のパターン、ものの見方、伝説といったあらゆる素材は、その八年間という枠組みの中で作り上げられたものではなく、それより前の二〇年以上の時の中で、だんだんと蓄積されたものだった。〔中略〕同じ引き出しを開けては古い持ち物を引っぱり出して、それを使って自分の考えや思いを書いていることに、ぼくはうんざりしていた。[12]

この「飽き」をきっかけに、プラープダーは助成金の獲得を決意し、海外に渡航する。マルセル・プルーストの言葉「真の発見の旅とは、新しい景色を探すことではない。新しい目

写真20 『違うベッドで目覚める』（2015年）

で見ることなのだ」〔11〕を引用する彼の目的は、助成金を獲得した調査テーマそのものよりも、自分の活動する「場所」を変えること、「新しい目」で世界を見ること、自らの思考・信条を「分析・解体」〔19〕して、それらを記録しておくことにあった。

ここでその旅の詳細について記述する紙幅はない。だが、これまで自分がもっていた「目」や思考のパターンを、自分自身を閉じ込める薄い「壁」にたとえるプラープダーは、旅の終わりに、その壁から外に出て行くことを決意する。

> ぼくがそれらの壁の中でずっと生きていき、その壁とともに消えていくとしても、なんの問題もないのだろう。〔中略〕〔だが、それらの壁は〕誰かを永遠に閉じ込めておくことができるものでも、牢獄でもない。隙間を見つけることさえできれば、ぼくたちはそこから出て行くことができるのだ。もしそう望むのなら。〔173〕

この「旅」以降のプラープダーの創作ペースは、それまでの多作ぶりから比べると、かなり緩やかなものに変わっている。同時に、先述した独立系書店の経営に携わったり、そこで若手作家育成のワークショップを開催したり、王室不敬罪の改正運動に参加したりと、その活動の範囲が広がっていく。自らをとりまく環境の問題や、後進の世代を見据えつつも、絶え間なく自己を変革しようとするこの活動、「旅」を続けようとするような態度は、もはや「良書」のリストや「文学賞」の権威、「個人」と「政治」の空隙に、ただとらわれているものではない。

それは、「タイ」の作家である以前に、あるいは「作家」である以前に、人間として、当たり前のことなのかもしれない。だが、タイの文学や、タイの社会が置かれた閉塞状況を考えれば、それは決して無価値でも、平凡なものでもないし、「外」の世界でそのようすを見届ける私たち自身にとっても、意味をもつものになるだろう。

『違うベッドで目覚める』の執筆を終えたプラープダーが、作品に寄せた序文に記した言葉を引用する。

旅はまだ終わっていない。違うベッドで目覚める機会が、また少なからず訪れるだろう。新しい目とともに。もとの身体のままで。［19］

参考文献

［ ］は初版・初出の出版年を指している。なおタイ語の人名については、言語に関わらず一律に名・姓の順に表記している。

（日本語）

岩城雄次郎
一九九七 『タイ現代文学案内――変動する社会と文学者たち』東京：弘文堂。

宇戸清治
一九九八 『アジア理解講座一九九六年度第二期「タイ文学を味わう」報告書』東京：国際交流基金アジアセンター。
二〇〇一 「I タイ文学」宇戸清治・川口健一編『東南アジア文学への招待』東京：段々社、一五―四二頁。
二〇一五 「タイ文学は日本でどのように紹介されてきたか」『東南アジア文学』一三：六―一五頁。

宇戸優美子
二〇一五a 「タイ人作家シーブーラパーの初期言論活動――一九二九年から一九三二年立憲革命前まで」『アジア地域文化研究』一一：一七〇―一九二頁。
二〇一五b 「邦訳されたタイ文学作品の作家別目録」『東南アジア文学』一三：一三七―一一一頁。

外務省領事局政策課
二〇一六 「海外在留邦人数調査統計 平成二八年要約版」http://www.mofa.go.jp/mofaj/files/000162700.pdf（最終アクセス：二〇一七年五月一五日）。

カムマーン・コンカイ、冨田竹二郎訳
一九八〇 『田舎の教師』東京：井村文化事業社。

スラック・シワラック、赤木攻訳著
一九八四 『タイ知識人の苦悩――プオイを中心として』東京：井村文化事業社。

セーン・サムヌック、福冨渉訳
　二〇一四「セミナー『文学における市民』」『東南アジア文学』一二：三四―八四頁。

日本政府観光局（JNTO）
　二〇一七「国籍／月別 訪日外客数（二〇〇三年～二〇一七年）」http://www.jnto.go.jp/jpn/statistics/since2003_tourists.pdf（最終アクセス：二〇一七年五月一五日）。

福冨 渉
　二〇一四a「解説（セミナー『文学における市民』）」『東南アジア文学』一二：三一―三三頁。

　二〇一四b「第五四章 タイ現代文学と知的空間の変転――『生きるため』から『創造』へ」綾部真雄編著『タイを知るための七二章 第二版』東京：明石書店、三〇七―三一〇頁。

　二〇一五a「解説（サカーリーヤー・アマタヤー詩選）」『東南アジア文学』一三：五五―五六頁。

　二〇一五b「言葉の力はまだ生きているか？ タイ作家・編集者パブリックトーク『沈黙を語る言葉――クーデター期のタイ文学と言論空間』を終えて」『ゲンロン観光通信』三：https://shop.genron.co.jp/products/detail.php?product_id=286/（EPUB取得日：二〇一五年八月二四日）。

　二〇一五c「この世では幽霊すらバスを待つ――プー・クラダート『追放』」『早稲田文学』二〇一五・冬：一三二頁。

　二〇一六a「解説（2527年のひどく幸せなもう一日）」『東南アジア文学』一四：一三三―一三五頁。

　二〇一六b「『今ここ』ではない未来のために――プラープダー・ユン×東浩紀『タイと日本の一般意志二・〇――アジアにおける現代思想』イベントレポート」『ゲンロンβ』一：https://shop.genron.co.jp/products/detail.php?product_id=294/（EPUB取得日：二〇一六年九月一〇日）。

　二〇一六c「タイ現代文学ノート#1 二〇一四年軍事クーデターと作家たち」『ゲンロン』三：三一七―三二二頁。

　二〇一六d『はじめてのタイ文学二〇一六――現代タイの作家一〇名一〇選』（自主制作ブックレット）。

　二〇一六e「タイ現代文学ノート#2 バンコクの独立系書店」『ゲンロン』四：三一八―三二三頁。

　二〇一七a「タイ現代文学ノート#3 東北タイ（イサーン）の声」『ゲンロン』五：二六八―二七三頁。

　二〇一七b『タイ現代文学試論――文学史・テクスト・独立系書店を通して見る二一世紀のタイ文学』東京：富士ゼロックス株式会社小林基金。

　二〇一七c「タイ現代文学ノート#4 タイ文学の新世代（ルン・マイ）」『ゲンロン』六：三〇〇―三〇五頁。

　二〇一七d『はじめてのタイ文学二〇一七――タイ独立系書店六選』（自主制作ブックレット）。

二〇一七e 「タイ現代文学ノート#5 南部（パーク・ターイ）へ向かう旅路」『ゲンロン』七：頁未定。

矢野順子

二〇〇八 『国民語が「つくられる」とき――ラオスの言語ナショナリズムとタイ語』東京：風響社。

吉岡みね子

一九九三 『文学で読むタイ――近代化の苦悩、この百年』大阪：創元社。

一九九九 『タイ文学の土壌――思想と社会』広島：溪水社。

二〇一〇 『タイ国家と文学』広島：溪水社。

（英語）

Anderson Benedict R.O'G., and Mendiones, Ruchira (eds. and trs.)

1985 *In the Mirror: Literature and Politics in Siam in the American Era*. Bangkok: Editions Duang Kamol.

Harrison, Rachel V. ed.

c2014 *Disturbing Conventions: Decentering Thai Literary Cultures*. London ; New York: Rowman & Littlefield.

Hiramatsu, Hideki

2007 Thai Literary Trends: From Seni Saowaphong to Chart Kobjitti. *Kyoto Review of Southeast Asia*, pp. 8-9, https://kyotoreview.org/issue-8-9/thai-literary-trends-from-seni-saowaphong-to-chart-kobjitti/ (accessed 2017-05-15).

Phillips, Herbert P.

c1987 *Modern Thai Literature: with an Ethnographic Interpretation*. Honolulu: University of Hawaii Press.

Plat, Martin B.

2013 *Isan Writers, Thai Literature: Writing and Regionalism in Modern Thailand*. Singapore: NUS press.

Thanapol Limapichart

2008 *The Prescription of Good Books: The Formation of the Discourse and Cultural Authority of Literature in Modern Thailand (1860s–1950s)*. Ph. D Thesis, University of Wisconsin-Madison.

（タイ語）

กนกพงศ์ สงสมพันธุ์（カノックポン・ソンソムパン）

2012 [1996] *แผ่นดินอื่น.*（『他の大地』）ปทุมธานี: นาคร.

กองบรรณาธิการ（〔『出現』〕編集部）

2014a “การขยับครั้งใหญ่ของคนตัวเล็ก ๆ ในแวดวงหนังสือ: จากต้นทางในมือนักเขียนถึงคนอ่านนักเคลื่อนไหว.”（「出版界の小さな人々の大きな動き――作家の手の中の源流から活動する読者まで」*ปรากฏ*（『出現』）1: 10–59.

2014b “วรรณกรรมไทยในภาษาต่างประเทศ.”（「外国語になったタイ文学」*ปรากฏ*（『出現』）2: 10–71.

คณะเขียน（作家団）

2010 “คำประกาศ.”（「宣言」）มาโนช พรหมสิงห์ บรรณาธิการ, *ชายคาเรื่องสั้น ลำดับที่ 1: มายากลแห่งภาวะฉุกเฉิน.*（『短編のひさし 第一集――緊急事態の奇術』）อุบลราชธานี: เขียน, p. (4).

คณะผู้ดำเนินงาน（〔『草地』〕作業チーム）

2000 “กว่าจะมาเป็น «สนามหญ้า».”（「『草地』に至るまで」）*สนามหญ้า.*（『草地』）กรุงเทพฯ: ก่อการดี, pp. 9–13.

คณะผู้วิจัย（〔一〇〇冊の良書〕研究チーム）

1999 *สารานุกรมแนะนำหนังสือดี 100 เล่มที่คนไทยควรอ่าน.*（『タイ人が読むべき一〇〇冊の良書紹介リスト』）กรุงเทพฯ: สำนักงานกองทุนสนับสนุนการวิจัย.

จิรัฏฐ์ ประเสริฐทรัพย์（チラット・プラスートサップ）

2013 *พิพิธภัณฑ์เสียง.*（『音の博物館』）กรุงเทพฯ: Salmonbooks.

จิราภรณ์ วิหวา（チラーポーン・ウィワー）

2016 *สนธิสัญญาฟลามิงโก.*（『フラミンゴ協定』）กรุงเทพฯ: Salmonbooks.

ชาติ กอบจิตติ（チャート・コープチッティ）

2006 [1981] *คำพิพากษา.*（『裁き』）n.p.: หอน.

ชูศักดิ์ ภัทรกุลวณิชย์（チューサック・パッタラクンワニット）

2015 [2002] “ปริศนาข้างหลังภาพ ‘คณะสุภาพบุรุษ’.”（「『スパープ・ブルット』の写真の裏の謎」）*อ่านไม่เอาเรื่อง.*（『読まずに読む』）กรุงเทพฯ: อ่าน, pp. 71-83.

2016 *สัจนิยมมหัศจรรย์ ในงานของกาเบรียล การ์เซีย มาร์เกซ, โทนี มอร์ริสัน และวรรณกรรมไทย.*（『マジックリアリズム――ガブリエル・ガルシア＝マルケス、トニ・モリスン、そしてタイ文学』）กรุงเทพฯ: อ่าน.

โช ฟุกุโตมิ（福冨渉）

2014a “เมื่อวรรณกรรมไทย (อาจจะ) กลายเป็นวรรณกรรมโลก: มุมมองจากญี่ปุ่น.”（「タイ文学が（もしかすると）世界文学に変わるとき――日本

からの視点」）สรณัฐ ไตลังคะ และ นัทธนัย ประสานนาม บรรณาธิการ, *จะเก็บเกี่ยวข้าวงามในทุ่งใหม่: ประวัติวรรณกรรมไทยร่วมสมัยในมุมมองร่วมสมัย.*（ソーラナット・タイランカ、ナッタナイ・プラサーンナーム編『新たな田で美しい稲の収穫を――現代的視点による現代タイ文学史』）กรุงเทพฯ: ภาควิชาวรรณคดี และคณะกรรมการฝ่ายวิจัย คณะมนุษยศาสตร์ มหาวิทยาลัยเกษตรศาสตร์ ร่วมกับสำนักงานศิลปวัฒนธรรมร่วมสมัย กระทรวงวัฒนธรรม, pp. 131–150.

2014b　“เราพบกันใหม่ในความมืด และแสวงหาแสงริบหรี่แห่งความหวังด้วยกัน: ข้อสังเกตเกี่ยวกับ ‘ผู้อื่น’ และ ‘อนาคต’ จากเรื่องสั้น “แสงสลาย” ของ ปราบดา หยุ่น.”（「私たちは暗闇の中で再会し、仄かな希望の光をともに探す――プラープダー・ユンの短編『崩れる光』における「他者」と「未来」に関する一考察」）*อ่าน ย้อนยุค*, pp. 246–255.

2015　“กำพร้าในปัจจุบัน: คุณ ‘ถูกเขียนใหม่’ และคุณ ‘เขียนใหม่’ ใน “อีกวันแสนสุขในปี 2527 ”กับ “รัตติกาลของพรุ่งนี้”（「現代に打ち捨てられて――『二五二七年のひどく幸せなもう一日』と『翌夜』における「書き直される」あなたと「書き直す」あなた」）*นิตยสารไรท์เตอร์* 33: 20–27.

ซะการีย์ยา อมตยา（サカーリーヤー・アマタヤー）

2010?　“สนามเด็กเล่นของหนูจะมีกับระเบิดไหมหนอ.”（「ぼくの遊び場に地雷はあるのかな」）*ไม่มีหญิงสาวในบทกวี.*（『詩篇の中に女はいない』）กรุงเทพฯ: ๑๐๐๑ ราตรี, pp. 82-85.

2014a　“แสงสว่างในความมืดมิด.”（「暗闇の中の光」）https://prachatai.com/journal/2014/06/54219/ (accessed 2017-05-15).

2014b　“ต้องห้าม.”（「禁」）*ปรากฏ*（『出現』）1: 6-9.

ซีเอ็ดบุ๊คเซ็นเตอร์（シーエット・ブックセンター）

n. d.　“สาขาซีเอ็ดบุ๊คเซ็นเตอร์.”（「シーエット・ブックセンターの支店」）https://www.se-ed.com/สาขาซีเอ็ดบุ๊คเซ็นเตอร์.aspx (accessed 2017-05-15).

ณรงค์ เพ็ชรประเสริฐ (บรรณาธิการ)（ナロン・ペットプラスート編）

2006　*จากอักษรศาสตร์ถึงสังคมศาสตร์ปริทัศน์*（『アックソーンサーンから社会科学評論まで』）กรุงเทพฯ: ศูนย์ศึกษา เศรษฐศาสตร์การเมือง.

เดือนวาด พิมวนา（ドゥアンワート・ピムワナー）

2003　*ช่างสำราญ.*（『チャンサムラーン』）กรุงเทพฯ: สามัญชน.

แดนอรัญ แสงทอง（デーンアラン・セーントーン）

1993　*เงาสีขาว: ภาพเหมือนในวัยระห่ำของศิลปิน.*（『白い影――血気に逸る芸術家の肖像』）กรุงเทพฯ: อรุโณทัย.

2014　*อสรพิษและเรื่องอื่น ๆ.*（『毒蛇、およびその他の作品』）กรุงเทพฯ: สามัญชน.

นพดล ปรางค์ทอง（ノッパドン・プラーントーン）

2009　*แนวคิดหลังสมัยใหม่นิยมในวรรณกรรมของปราบดา หยุ่น.*（『プラープダー・ユンの文学におけるポストモダンの思想』）

วิทยานิพนธ์ระดับมหาบัณฑิต, มหาวิทยาลัยรามคำแหง.

นายอินทร์（ナーイ・イン書店）

n. d. “สาขาร้านนายอินทร์.”（「ナーイ・インの支店」）https://www.naiin.com/branches/ (accessed 2017-05-15).

นิวัต พุทธประสาท（ニワット・プッタプラサート）

2010 *หิ่งห้อยในสวน.*（『庭の蛍』）นครปฐม: เม่นวรรณกรรม.

ประพันธ์สาส์น, สำนักพิมพ์（プラパンサーン出版社）

n.d. “ศึกษิตสยาม: ร้านหนังสือทางเลือก.”（「スックシット・サヤーム――書店の新たな選択肢」）http://www.praphansarn.com/article/detail/945/ (accessed 2017-05-15).

ปราบดา หยุ่น（プラープダー・ユン）

2001 [2000] *เมืองมุมฉาก.*（『直角の都市』）กรุงเทพฯ: กายมารุต.

2002 “บาร me ของพ่อมัน.”（「あいつの父のバーラミー〔威光〕」）*OPEN HOUSE* 1: 176-196.（二〇〇七［二〇〇五］宇戸清治訳「バーラミー」『鏡の中を数える』東京：タイフーン・ブックス・ジャパン、七—四一頁）

2004 *แพนด้า.*（『パンダ』）กรุงเทพฯ: openbooks.（二〇一一 宇戸清治訳『パンダ』東京：東京外国語大学出版会）

2005 [2000] *ความน่าจะเป็น.*（『可能性』）กรุงเทพฯ: สุดสัปดาห์สำนักพิมพ์.

2015 *ตื่นบนเตียงอื่น.*（『違うベッドで目覚める』）กรุงเทพฯ: สำนักหนังสือไต้ฝุ่น.（二〇一六― 福冨渉訳「新しい目の旅立ち」『ゲンロン』四―（連載中））

พิเชฐ แสงทอง（ピチェート・セーントーン）

2005 “ประวัติศาสตร์และพัฒนาการของนักเขียนใต้.”（「南部の作家の歴史と発展」）กนกพงศ์ สงสมพันธุ์ บรรณาธิการ, *คลื่นทะเลใต้*（カノックポン・ソンソムパン編『南の海波』）ปทุมธานี: นาคร, pp. 234–287.

2007 “‘ผจญภัยในแดนมหัศจรรย์’ ภารกิจของ ‘ความเป็นไทย’ ในวรรณกรรมว่าด้วยมลายูมุสลิม.”（「『魔法の土地の冒険』ムラユ・ムスリムに関する文学における『タイらしさ』の役割」）เจน สงสมพันธุ์ บรรณาธิการ, *แขกในบ้านตัวเอง.*（チェーン・ソンソムパン編『自宅の異人』）ปทุมธานี: นาคร, pp. 232-280.

ภู กระดาษ（プー・クラダート）

2014 *เนรเทศ.*（『追放』）กรุงเทพฯ: มติชน.

มาโนช ดินลานสกุล（マーノート・ディンラーンサクン）

2009 *วาทกรรมวรรณกรรมสร้างสรรค์ยอดเยี่ยมแห่งอาเซียน.*（『東南アジア文学賞の言説』）วิทยานิพนธ์ระดับดุษฎีบัณฑิต, มหาวิทยาลัยนเรศวร.

รื่นฤทัย สัจจพันธุ์ (บรรณาธิการ)（ルーンルタイ・サッチャパン編）

2011 *๒๕ ปี การวิจารณ์ «คำพิพากษา».*（『「裁き」批評の二五年』）กทม: ชมนาด.

วาด รวี（ワート・ラウィー）

(บรรณาธิการ) 2004 วารสารหนังสือใต้ดิน 1.（ワート・ラウィー編『Underground Buleteen 1』）กรุงเทพฯ: Shine Publishing House.

2008 *Fighting Publishers: ประวัติศาสตร์นักทำหนังสือกบฏ (ฉบับใต้ดิน).*（『ファイティング・パブリッシャーズ――本作りの反乱者たちの歴史（地下版）』）กรุงเทพฯ: openbooks.

วิมล ไทรนิ่มนวล（ウィモン・サイニムヌアン）

2000 *อมตะ.*（『不死』）ปทุมธานี: สยามประเทศ.

วิวัฒน์ เลิศวิวัฒน์วงศา（ウィワット・ルートウィワットウォンサー）

2014 *อีกวันแสนสุขในปี 2527.*（『二五二七年のひどく幸せなもう一日』）นครปฐม: เม่นวรรณกรรม.（二〇一六 福冨渉訳「2527年のひどく幸せなもう一日」『東南アジア文学』一四：九四―一三五頁）

สถิตย์ เสมานิล（サティット・セーマーニン）

1971 *วิสาสะ: ว่าด้วยการหนังสือพิมพ์ไทย ยุครัชกาลที่ ๕ ๖ และ ๗.*（『親しみ――ラーマ五世、六世、七世期のタイの新聞出版について』เล่ม 2, กรุงเทพฯ: แพร่พิทยา.

สรณัฐ ไตลังคะ（ソーラナット・タイランカ）

2007 *เรื่องสั้นไทยแนวคตินิยมสมัยใหม่ พ.ศ. 2507-2516.*（『仏暦二五〇七年―二五一六年のタイのモダニズム短編』）วิทยานิพนธ์ระดับดุษฎีบัณฑิต, จุฬาลงกรณ์มหาวิทยาลัย.

สายทิพย์ นุกูลกิจ（サーイティップ・ヌクーンキット）

2000 [1991] *วรรณกรรมไทยปัจจุบัน.*（『現代タイ文学』）กรุงเทพฯ: เอส. อาร์. พริ้นติ้ง.

สุชาติ สวัสดิ์ศรี（スチャート・サワッシー）

1975 "ความเป็นมาและกลุ่มความคิดของเรื่องสั้นไทยสมัยใหม่."（「現代短編小説の来歴と思想」）สุชาติ สวัสดิ์ศรี บรรณาธิการ, *ถนนสายที่นำไปสู่ความตาย: รวมเรื่องสั้นร่วมสมัยของไทย.*（スチャート・サワッシー編『死へ向かう道――タイ現代短編集』）กรุงเทพมหานคร: ดวงกมล, pp. (19)-(47).

1976 "ภาพสะท้อนจากเรื่องสั้น: ระหว่างนักศึกษากับมหาวิทยาลัย ระหว่างมหาวิทยาลัยกับสังคม."（「短編小説が反映するもの――学生と大学のあいだ、大学と社会のあいだ」）สุชาติ สวัสดิ์ศรี บรรณาธิการ, *คำขานรับ: รวมเรื่องสั้นร่วมสมัยของไทย.*（スチャート・サワッシー編『応答――タイ現代短編集』）กรุงเทพมหานคร: ดวงกมล, pp. (1)-(55).

เสถียร จันทิมาธร（サティアン・チャンティマートーン）

1982　*สายธารวรรณกรรมเพื่อชีวิตของไทย.*（『タイにおける生きるための文学の流れ』）กรุงเทพฯ: เจ้าพระยา.

เสาวณิต จุลวงศ์（サオワニット・チュンラウォン）

2007　*ความซับซ้อนของการเล่าเรื่อง: ลักษณะหลังสมัยใหม่ในบันเทิงคดีร่วมสมัยของไทย.*（『語りの複雑性——タイの現代フィクションにおけるポストモダン的特徴』）วิทยานิพนธ์ระดับดุษฎีบัณฑิต, จุฬาลงกรณ์มหาวิทยาลัย.

อันธิฌา แสงชัย（アンティチャー・セーンチャイ）

2017　"ห้องเรียนเพศวิถี 'สอน' อะไร."「セクシュアリティの教室はなにを『教える』か」https://www.facebook.com/notes/1224042914299223/ (accessed 2017-05-15).

อุทิศ เหมะมูล（ウティット・ヘーマムーン）

2014　*เกียวโตซ่อนกลิ่น.*（『残り香を秘めた京都』）กรุงเทพฯ: จุติ.（二〇一四　宇戸清治訳『残り香を秘めた京都』バンコク：チュティ）

2015 [2009]　*ลับแล, แก่งคอย.*（『ラップレー、ケンコーイ』）กรุงเทพฯ: จุติ.

あとがき

多くは偶然にも近い好運から始まった。2013年10月、筆者は1年間の留学に向けてバンコクで学生向けのアパートを探していた。条件を満たす部屋がなかなか見つからず、知己の編集者に愚痴めいたメッセージを送った。するとあっさり「うちの編集部の上の部屋がたぶん空いているぞ」との答えが返ってきた。

こうして筆者は、当時のタイで定期刊行されていた唯一の文芸誌、"WRITER"の編集部が入居するアパートの5階に部屋を借りることができた。編集部には、このブックレットで名前を挙げた作家も、そうでない人々も、多くの人が訪れた。彼らとの交流は、また新たな人たちとの出会いにつながっていった。タイ語を話し、タイ文学に興味をもつ「日本人/外国人」は、どこへ行っても歓迎された。その状況だけで幸福を感じ、すっかり満足してしまいそうだった。

だがその慢心は、2014年5月22日に発生した軍事クーデターによって打ち砕かれた。言論統制から筆を折った作家、雑誌の発行を取りやめた編集者、国外に逃亡する研究者や知識人。悲嘆し、絶望しながらも静かに心の炎を燃やす彼らの姿を眺めながら、筆者はそこに引かれた見えない線の存在に気がついた。どれだけ彼らと親しくしようと、どれだけ彼らの気持ちに寄り添おうと、筆者は最後まで「外」の人間なのだ、その線を越えて足を踏み入れることができないのだ、と。

だがそこに広がる距離への自覚は、このブックレットを執筆する動機に変わったし、筆者がこの仕事を続けていくためのモチベーションにもなっている。

本ブックレットは、富士ゼロックス株式会社小林基金に提出した研究報告書『タイ現代文学試論:文学史·テクスト·独立系書店を通してみる二一世紀のタイ文学』をベースに、1万数千字の加筆をおこない、修正を施したものである。細部の記述は、筆者がこれまでにいくつかの場所で発表した論考やコラムなどを基にしており、特に筆者が批評誌『ゲンロン』で2016年から連載しているコラム「タイ現代文学ノート」を大幅に参照している。参考文献にも挙げておいた。

さまざまな出会いの源泉をたどれば、タイ文学に興味を持ち始めた弱冠20歳の青二才にさまざまな機会を与えてくれた、恩師の宇戸清治先生との出会いに行き着く。このブックレットだけではその学恩に報いることはできないが、まず、一歩。

その経験を形にするためには、松下幸之助記念財団および松下幸之助国際スカラシップフォーラム委員会のみなさま、そして風響社の石井雅社長のお力添えが欠かせなかった。言うまでもなく、こんな人間の伴侶となってしまった妻にも、最大の感謝を。

著者紹介

福富渉（ふくとみ　しょう）

1986年東京都生まれ。

鹿児島大学グローバルセンター特任講師。タイ文学研究者、タイ語翻訳者。主な論文に、“เราพบกันใหม่ในความมืด และแสวงหาแสงริบหรี่แห่งความหวังด้วยกัน: ข้อสังเกตเกี่ยวกับ ‘ผู้อื่น’ และ ‘อนาคต’ จากเรื่องสั้น “แสงสลาย” ของ ปราบดา หยุ่น”〔「私たちは暗闇の中で再会し、仄かな希望の光をともに探す――プラープダー・ユンの短編『崩れる光』における「他者」と「未来」に関する一考察」〕（อ่าน ย้อนยุค, 2014）など、共著書に『アピチャッポン・ウィーラセタクン――光と記憶のアーティスト』（夏目深雪・金子遊編、フィルムアート社、2016年）など、翻訳にウィワット・ルートウィワットウォンサー「2527年のひどく幸せなもう一日」（『東南アジア文学』14号、2016年）など。批評誌『ゲンロン』でコラム「タイ現代文学ノート」の連載、プラープダー・ユン「新しい目の旅立ち」を翻訳連載中。

タイ現代文学覚書　「個人」と「政治」のはざまの作家たち

2017年12月15日　印刷
2017年12月25日　発行

著　者　福冨　渉

発行者　石井　雅

発行所　株式会社　風響社

東京都北区田端4-14-9（〒114-0014）
Tel 03（3828）9249　振替 00110-0-553554
印刷　モリモト印刷

ISBN987-4-89489-793-9　C0097